石川啄木小論集

薄命の歌人

井上信興

溪水社

目次

薄命の歌人　石川啄木小論集

「はしがき」にかえて　「初出及び解説」

本来こうした事項は最後尾に配すべきものだと思うが、この本に収録した各論考について反論なども多いことから、誤解のないように、私の意図といったものをあらかじめ述べさせて頂いたほうがいいように思ったので、「はしがき」にかえさせていただいた。

一、「東海の歌」についての私解

（初出、「国際啄木学会東京支部会会報」第十三号、二〇〇五年二月二十日）

啄木の歌の中で、最も重要な歌の一つであるが、象徴派と大森浜派がまだ対立状態で定説が確立していないと私は思っている。大森浜派の立場から象徴派の解釈より、大森浜派の解釈が作歌時の啄木の想いを忠実に解釈しているように考えられる。それはこの歌で最も重要な「われ泣きぬれて」の部分を象徴派の解釈では充分に解釈できていないのではないか、というのが私の論旨である。

二、「東海歌の原風景」大間説について

（初出、「日本医事新報」一九九五年九月二日号）

三、「東海歌の原風景」八戸蕪嶋説について

（初出、上、「日本医事新報」二〇〇〇年十月七日号、下、「日本医事新報」二〇〇〇年十月十四日号）

この歌の原風景だとして、大間の弁天島、八戸の蕪嶋、共に近年発表された新説であるが、この両島に啄木が足跡を残した確証は全くない。また啄木がこれらの島について記述したものもない。この件について、これまで私が厳しい態度で臨んできたのは、間違った情報が流されて一般の人達に誤解を与えることになるのは、啄木の為にけっしてよくないと思うからで他意はない。

四、「東海の歌の原風景」三陸海岸説について

（初出、「国際啄木学会東京支部会会報」第十号、二〇〇二年三月三十一日）

この説は前二説と違って、かなり以前から出ていたものであるが、啄木が修学旅行の時足跡を残しているので原風景を言う資格はある。

しかし三陸海岸と言っても広範囲であり、対象となるのは「高田の松原」の海岸であろう。生徒らはここに一泊して海岸で楽しく遊んだ、啄木達は楽しかった思い出はあっただろうが、「泣きぬれる」要素は全くない。したがって原風景とはなりえない。
この論考はある論文の反論として書かれたものだが、その多くは削除したので、原典とは違ったものになっている。

五、「不愉快な事件」についての私解

（初出、「国際啄木学会東京支部会会報」第十二号、二〇〇四年三月三十一日）

この事件というのは、証言者の証言がそれぞれ違っていて、啄木関係の事項では、まとめにくい問題の一つであるように思う。したがって、これまで納得できる解説が出ていない。しかし興味深い問題でもあることから、私は長い間思案していた。その結果新しい視点を得たので新視点からの考察を試みた新説である。

六、「あこがれ」発刊について—小田島尚三の評価—

（初出、「日本医事新報」二〇〇二年十二月七日号）

「あこがれ」の発刊については、小田島三兄弟の支援によって、と三兄弟をくくって記述されることが多いが、この兄弟で、当時としては大金である二百円を提供した次男の小田島尚三の存在が過小評価されていることを私は不満に思った。彼が資金を提供しなかったらこの処女詩集はこのとき世に出ることはなかったからである。そうした重要な人物であるにもかかわらず、啄木関係の事典などにも個人名を登載していないのである。

（初出、「新しき明日」二十二号、一九九八年八月一日）

七、詩への転換とその前後

啄木が短歌から詩へ突然転換した理由について、明確に述べられたものはなかったように思う。たとえば、与謝野鉄幹は自分が詩への転換をすすめたように述べているが、この説にも矛盾がある。他にいろいろあったとしても、遠因にはなっても直接の原因にはならない。私は野口の詩集「東海より」を読んだことが、直接の転換動機になったと考える。以後の流れが野口中心に経過しているからである。

八、「啄木釧路からの脱出」・その主因となったもの

（初出、「大阪啄木通信」十九号、二〇〇一年十一月一日）

啄木が僅か二ヶ月少々で釧路を脱出した原因については、諸氏によっていろいろと述べられているが、案外借金については軽く見られているように思う。私は借金を主因であると考える。すでに尋常の手段では返済不能の額に達していたからで、他の原因だとする諸説は、それだけで夜逃げ同然の去り方をする必要はないと思うからである。

九、「啄木敗残の帰郷」岩城説への疑問

（初出、「大阪啄木通信」二十三号、二〇〇三年十一月一日）

この論考を書くにあたって私には多少の抵抗があった。それは岩城之徳氏が提示された「新しい学問研究のために」（「国際啄木学会会報」創刊号一九九〇年七月二〇日）という文章の中で、すでに定説になっていると思われる「啄木が東京で病気になり父に連れられて帰郷した。」という部分について、全く反対の見解を述べられているのに私は疑問を持った。啄木学の権威者である氏の言われることでもあり、タイトルの「新しい学問研究のために」とあることからも、私などの知らない資料によっての発言なのか、慎重に

氏の文章を検討したが、別段新資料の提示もなく、氏の推測で述べられたものだということが判明した。しかし私はすぐに私見を発表しようとは思わなかった。というのは、他の研究者によって、この件に言及する人があるかもしれない、という考えがあったからである。そうして数年の歳月が流れたが、その間私の視界にこの件に触れた論考はなかった。

本件について私と同様の疑問を持たれた人も少なくなかったと思うが、無視するか、遠慮する、といった態度もあるとは思うが、真実を追究するのが学問だとすれば、明らかな間違いはやはり正すべきだという考えから、あえて私見を発表することにしたものであり他意はない。

（初出、「大阪啄木通信」二十四号、二〇〇四年五月十日）

十、石川啄木生涯の足跡

啄木が生涯に残した足跡というのは、東北、北海道、東京に限られていて、それほど広範囲に渡っているわけではないから、一枚の紙に図示することが可能であろうと思ったが、作業してみると、やはり修学旅行などはかなり複雑であることから分離して別図とした。

十一、辞世の歌

啄木に辞世の歌があることがわかった時、（この歌は歌集に登載されていない）作歌時期を調べてみると、「東海の歌」を作ったのと同じ時に作られていることが判明し、大変興味を覚えた。

（初出、「啄木文庫」第三十一号、二〇〇一年三月三十一日）

十二、啄木の教育論

この記事は新聞社の依頼によって「でるた」という囲み欄に書いたもので、字数の制約があるために十分な記述は出来なかったが、私は現今の教育に欠如しているのは徳育の問題だと考える。啄木は教育の実践者として私は必ずしも評価していないが、彼の書いた教育論には傾聴すべきものがあると思う。

（初出、「中国新聞」夕刊、二〇〇一年三月三十日）

十三、「一握の砂」のモデル

（初出、「啄木断章」一九九六年五月十日）

前回発表したのは「煙一、二」と「忘れがたき人人一、二」に歌われた人々について述べたが、この度は他の章も含む「一握の砂」全章についてのモデルを追加した。モデル問題などは短歌の解釈上軽視されているように思うが、わかればわかったほうがいいのである。

十四、啄木の秀歌

（初出、「岩手医大圭陵会会報」第二八六号、二〇〇〇年四月十日）

以前私は啄木の二歌集から秀歌の百選をしたが、この時は他の百選をした研究者、歌人の四名を加え、五名の百選だったので、多数の選者の場合はどのような結果が出るのか多少の不安があったので今回多数の選者による結果を出してみたのである。つまり選者数による秀歌の変化の有無を見たかったのである。

十五、啄木短歌の虚構とその解釈

（初出、「新しき明日」一九九七年二月号）

啄木の短歌には虚構の混入する可能性が高いことをその作歌態度から述べ、またそのことにちなんで、短歌の解釈のあるべき姿について岩城之徳氏の解釈を例に私見を述べた。

以上

「東海の歌」についての私解

東海の小島の磯の白砂に
われ泣きぬれて
蟹とたはむる

啄木の歌集「一握の砂」の巻頭を飾るこの歌は、広く大衆に支持され、啄木の代表歌となっているが、不思議なことにその解釈は人によって様々であり、定説が確立していないというのが現状のように思う。

その原因を考えてみると、啄木が歌集の巻頭に置いたほどの歌であるから、単純な感傷を歌うといった程度の歌であるはずはない、といった既成観念によって、啄木の内面に深く立ち入ろうとする姿勢が見られること、また砂や蟹に何かを象徴させるといった解釈も多数出ているのである。その上厄介なのは「東海」をどう読むかという問題もあり、この読み方次第でそれぞれ違ったような解釈が生まれるといったようなことで、この歌は多くの問題をかかえていることから、これまで多種多様な解釈が発表されてきた。

私はこの歌の解釈については、以前からかなり高い関心を持っていて、これまでに発表した論文でこの件に触れたことはあったが、今回この歌に絞って私見を述べてみたいと思う。

一、まずこの歌が何時、どのような状況の中で作られた歌であるかということを見ておく必要がある。

啄木は明治四十一年四月二十四日、妻子を函館の宮崎郁雨に託し、文学で身を立てる決意で上京した。小説の執筆に専念したがことごとく金にはならなかった。そうした頃六月二十三日夜から歌興とみに湧き、暁にかけて五十五首、二十四日午前五十首、翌二十五日には百四十一首というように、三日間で二百数十首という大量の歌を作っているが、その中で不滅の名歌となったこの「東海の歌」は、六月二十四日の午前中に作られた歌である。こうした爆発的な作歌状況からみて言えることは、一首にそう多くの時間を費やすことは出来なかっただろうということである。試みに私の計算では、平均して一首六分前後という結果がでた。この六分という時間は作者にとって大変な数値だと思われる。なぜならば、最初の内こそ歌材が円滑に出てくるとは思うが、作歌数が増えてゆき、時間の経過とともに、当然のことながら材料は枯渇し、また、心身の疲労が重なり、それにつれて作歌時間も必然的に延長してくるからである。最初のうちは二、三分で作らないと到底平均六分ということにはならないのである。こうした状況からみても啄木の作歌能力というのは尋常のものでないことがわかる。

さて「東海の歌」であるが、二十三日の暁までに五十五首を作ったとあるから、区切りのいいところで中断し、休息をとるとともに朝食をしたためながら、次作からの歌材を準備していたものと思う。この歌は作歌を再開した翌二十四日、午前中の八首目に作られている。したがって前記したように、八首目ということであれば、歌材的にも、身体的にも充分余裕のある時の作であるし、流れるような美しいリズムを持っている歌であることからも、あれこれ考えることもなく、一気にすらすらと口をついて出てきた作のように思われる。したがって基本的な考え方として、私は言われていることをそのまま素直に解釈するのがいいように思う。

二、啄木は歌集の出版に際し、雑誌「スバル」に次のような広告を出している。「単に歌らしい歌、歌らしい想をまとめた歌を著者は極度に排斥する。そして出来るだけ率直に、出来るだけ飾らずに、人生諸般の事象を歌ってみたい。そこに新しい短歌の曙光は開けはせぬだろうか。」と延べている。この宣言はつまり歌集編集時（明治四十三年）の彼の短歌観に相違ない。

「率直に飾らずに」といった極めてシンプルな短歌観によって作歌されたということであれば、鑑賞する読者もあるがままに解釈する必要があり、無用な詮索をする鑑賞態度は作者の意思にそわぬことになり、正しい解釈を引き出すことにはならないのではないか。

三、だが東海の歌はまだ明星調を脱していない明治四十一年六月二十四日の作であるから、かならずしも歌集編集時の短歌観に抵触しないという保証はない。しかし歌集出版時、「率直で飾らぬ」歌であることを公表しているのであるから、巻頭に抵触する歌を持ってくるはずはない。それも巻頭ばかりではなく、巻頭以下五首は四十一、二年の作なのである。啄木はこの歌集を編集するにあたり、当時の短歌観によってその大部分は四十三年度の歌が占めているのは当然としても、四十一、二年度の歌も九十三首が採用されている。だが四十一、二年の歌千七百余首からたった九十三首を選出したに過ぎないということは、大変な厳選であることがわかる。この事実は「率直で飾らぬ」という短歌観に一応抵触しないものを選出したと考えるのが自然であろう。

巻頭以下の十首、この一連の歌は歌集名を「一握の砂」とすることに決定し、砂や砂山に親しんだ大森浜での想いをここに結集しようとしたが、調べた結果該当歌は五首しかなかった。彼は歌集編集時、わざわざあと五首を新たに作って区切りよく十首にしているのである。

十という区切りはたまたまそうなったというのではあるまい。そこには啄木の意思がそうさせたものと理解すべきであろう。したがって私は「東海歌」は当然大森浜の歌だと考えるのである。

四、この巻頭の十首は、砂丘であり、砂であり、浜辺を歌ったものである。ならば彼が「汗に濡れつつ」という文章で述べている記述をどう考えたらいいのだろうか、「海というと予の胸には函館の大森浜が浮かぶ。東北の山中に育った予には由来海との親しみが薄い。」「その後時々海を見た。然しそれは何れも旅行先での事で、海を啓し、海を愛し乍らも、未だ海と物語る程親しくはならなかつた。」という。この記述ははなはだ重要だと思う。つまり啄木が海を脳裏に描く場合、すべて大森浜から見た海だということである。啄木がなぜ大森浜に強い印象を持ったかというと、この浜に横たわる砂丘の存在にあったと私は思う。彼が見た浜辺で砂丘のある浜は大森浜だけだからである。巻頭の十首の内、砂丘を歌った歌が四首もあるということをみても、砂丘への関心がいかに高かったかがわかる。彼はこの巨大な砂の集まりを初めて大森浜で目にした時、何か神秘的なものを感じたに違いない。一般に函館で、港の反対側を大森浜と言っているが、啄木に強い印象を与えたのは大森浜なら何処でもいいというのではない。砂浜の背後に砂丘のある浜であり、具体的に言うと、新川の河口から湯の川方面に至る海岸である。その中でも、青柳町の自宅から割合に近い新川河口あたりの砂山を彼がよく訪れたと思う。小説「漂泊」にもここが舞台として使われている。

私はこれまで述べてきたことを念頭において「東海の歌」を解釈するのがいいように思う。つまり、この歌の原風景は大森浜であり、函館を去る日まで、うれしいにつけ、かなしいにつけ、この浜での感慨が巻頭の歌十首に歌われたのだと理解している。

五、この歌の解釈上重要な点は、「東海」をどう読むかということであろう。この読み次第で、解釈が全く違ってくるからである。「日本のことだ」と読むか、「大森浜からみた海」のことだと読むかである。日本と読んだ人の多くは象徴歌としての解釈をされ、現在では多数派になっているように思う。一方、少数派である大森浜を支持する私は、実証派（実在地派）の立場からその解釈を見ることとし、この派の代表として岩城之徳氏の解釈を引いてみたい。「この一首を啄木の閲歴ないし実生活との関連において鑑賞する時、彼が生涯で親しんだ唯一の海岸である函館の大森浜を念頭において歌ったのではないかと考えられる。函館の海岸を「東の海の砂浜」という表現を持って文学的に造型化することは、すでに啄木が函館に渡った直後の明治四十年五月二十六日に作った、「蟹に」と題する詩の中で試みられている。」とし、また「この「蟹に」の詩が大森浜を辿る啄木自身の漂泊の悲しみを蟹にたくして歌ったものであることがわかる。」と言い、「漂泊の悲しみに泣きぬれた当時の自己を愛惜するというところにこの一首の主題を求めているように思われるのである。」（近代文学注釈大系石川啄木）私はこの解説にほぼ同感である。無理のない解釈であると思うからである。

この解釈では「東海」を東の海と読んでいる。「蟹に」の詩で啄木自身が大森浜の海を「東の海」と歌っているのであるから、彼には「東海」を東の海と読むという認識があったと考えてまず間違いはない。ここで少々私見を加えると、岩城氏は「函館の海岸を「東の海の砂浜」という表現を持って文学的に造型化することは（中略）『蟹に』と題する詩の中で試みられている。」とあるが、これは地理的、方位的な問題であって、大森浜から見える海は方位的に東であり、東に見える海は太平洋なのである。」「東海」を日本としか読めないということはない。啄木の記述の中に「東海」を東の海つまり太平洋、と読む文例があるので提示しておきたい。

「百回通信」に「富田先生が事」という記述がある。「先生八戸に去りて数年決然教職を擲って東海に泛ぶ。蓋し太平洋岸の漁運を開拓して、県民の産業思想を鼓吹し、（中略）先生は実は理想の一漁村を東海岸に造らんとしつつあり。」この文章を読むと、「東海」は東の海、つまり太平洋と同じ意味に使われているように思う。ならば彼が、「東海の歌」の場合に南海が南の海であるごとく、「東海」を東の海と読んだとすれば、「日本」と読んだという保証はないことになりはしないか。啄木が大森浜に立ち、眼前に広がる東の海、つまり太平洋を「東海」と読んだとしても全く不都合はないのである。

六、つぎに「小島の磯の白砂」は何処か、東海つまり東の海である太平洋から見れば、北海道などは小島でしかないのである。その辺にある小さな島ばかりが小島とは限らない。北海道を小島というのは少々大きすぎて無理ではないか、という反論もあろうかと思うが、それならば「東海の小島」を日本だというのは、なおさら無理な気がするのである。「磯の白砂」というからには海岸のことに違いない。ならば彼が海岸を脳裏に描く場合、大森浜以外にはないことを「汗に濡れつつ」で啄木自身が明確に述べているから、この浜辺は大森浜と考えていいはずである。だがこの字句の中で問題になるのが「磯」であろう。大森浜には磯はない、という理由から「大森浜説」の否定論があるからである。函館山の周囲には多少とも岩場はあるが、本来の大森浜は、なだらかな砂浜であって岩場つまり磯といったものはないのであり、その意味ではこの否定論は成立するように思うが、私はこの件について少々私見を述べておきたい。啄木は磯を浜辺、渚などと同意語だと誤解していた節があるので、磯と書かれていたとしても、実際の岩場と考える必要はない、浜辺のことだと思えばいいのである。こう書くと、啄木ほどの文学者が子供でも知っているような磯などという簡単な言葉を知らないはずはない、と言って不快に思う人は多いと思うが、しかしながら私の調べた範囲でも事実と思わせる文例がいくつかある。それは歌にも文章にも見られる。「一握の砂」には磯という字を使った歌が三首ある。

東海の小島の磯の白砂にわれ泣きぬれて蟹とたはむる
巻煙草口にくはへて浪あらき磯の夜霧に立ちし女よ
さらさらと氷の屑が浪に鳴る磯の月夜のゆきかへりかな

前の二首は大森浜を歌った歌であり、後の一首は釧路の知人海岸を詠んだ歌である。大森、知人両海岸共に磯のない浜であるにもかかわらず彼は磯という語をつかっている。しかし歌などというものに必ずしも真実ばかりが歌われるというものでもない。作者の好みによってただの砂浜を磯にしたとしても別段不都合はないからである。したがって歌に読まれた磯の有無によって啄木は磯を誤解していたのだと言うつもりはない。では文章はどうか、啄木が渋民を追われ函館に渡って間もなく書かれた未完の小説に「漂泊」がある。「波打ち際に三人の男が居る。男共の背後には、腐れた象の皮を被った様な、傾斜の緩い砂山が（以下略）」ここに書かれている文章から場所を特定することができる。

これは啄木達がよく行った新川の河口付近の浜辺であろう。砂山のあるのはこの河口近辺から湯の川にかけての海岸であるが、河口から遠のくにつれて砂丘は高くなってゆくから傾斜が緩いといえば河口付近ということになるのである。最初にことわっておくが、このあたりは左右に美しい砂浜が弧線状にひろがっていて岩場などは全くない場所なのである。それにもかかわらず、啄木は次のように書いている。「怪しまれるばかりの此荒磯の寂寞」とか、また、「磯を目がけて凄まじく、白銀の歯車を捲いて押し寄せる波が」また、「忠志君は急歩に砂を踏んで、磯伝ひに右へ辿って行く。」といった記述が見られるが、啄木の書いている磯と言う字を浜と書き換えれば一応不都合は無くなるように思う。つまり彼は、磯のない大森浜で、磯を浜や渚と同意語として使っているのが判ると思う。しかしまだこれは小説だからと言って納得しない論者もあると考えるので、ノンフィクションの文例を出しておこう。彼が盛岡中学時代に、校友会誌に執筆した修学旅行日記の記事である。こうした紀行文などはフィクションの入り込む世界ではないから事実が述べられているはずである。「日和山から望んで胸踊らして海岸へゆくと、数里に亘る砂浜は、直接に太平洋の荒浪を受けて、砕け又くだくる壮大の姿。（中略）

自分はこの荒磯に立って、あかずあかず眺めた。」これは石巻の長浜海岸での描写であるが、最初のほうに、数里に亘る砂浜と書き、後のほうには荒磯と書いている。これをそのまま受け取ると、砂浜と磯が同じ場所にあるようにも読める。で、現地の状況を確認する必要を感じ、石巻市役所に照会した結果つぎのような回答があった。「長浜海岸は約四キロの砂浜海岸であり岩場はありません。」やはり啄木は磯についての充分な認識をもっていなかったのだ。

山国育ちの彼だから、「磯の香」などという言葉は海岸なら何処ででも使うから、磯を浜辺、海岸、渚などと同意語のように誤解していたものと考えられる。したがって前記したように彼が磯と書いていたとしても、岩場ではなく浜辺のことだと思えばいいということになる。この事実に照らせば、磯のないことを理由にした大森浜の否定論は成立しないことになろう。

七、つぎの「われ泣きぬれて」はなにを悲しんでいるのであろうか。大森浜説の多くは、ふるさとを追われ一家離散という悲運にさらされ函館に渡った当時の漂泊の悲しみに泣く自己を愛惜する、というところにこの歌の主題を求めているのであるが、私は渡函当時よりも、むしろ大火によって離函をよぎなくされた時のほうがより切実だったように思う。なぜならば、函館に渡ったその日から同人達にかこまれ、毎日のように文学論や恋愛談に楽しい時間を過ごしていた。そのうちに家族も呼び寄せ、就職さえ世話してもらっている。当初啄木自身が考えていたよりも数段恵まれた日常だったのではないだろうか。したがって、渡函当時にはむしろ漂泊の悲しみは癒されていたのではないか、居心地のよかった函館の生活も、八月二十五日の夜発生した大火で自宅こそ無事であったが、勤務先の小学校も新聞社もことごとく焼失した。平穏な生活も僅かに三ヵ月余で再び生活の基盤をすべて失ったのである。こうして再び流浪の苦しみにさらされた啄木の心中は筆舌に尽くしがたいものがあったであろう。札幌へ移住を決め、函館を去る一週間を毎日大森浜へ散策を試み感慨にふけったのである。「夢はなつかし。夢見てありし時代を思へば涙流る。然れども人生は明らかなる事実なり。八月の日に遮りもなく照らされたる無限の海なり。」（日記九月五日）私はこの離函する時期に「東海歌」の原風景をみるのである。かって渋民の寺で、生活の不安もなくただ文学と恋の夢をむさぼっていればよかった日々を思うにつけ、漂泊の人として流れてゆかねばならぬ現在の自分自身を重ね合わせるとき、自己愛惜の涙が頬を伝って流れるのである。当時の啄木の悲痛な心中はおそらく死を意識するほどのものだったと考えられる。巻頭十首の最後に「大という字を百余り砂に書き死ぬことをやめて帰り来たれり」という歌で締めくくっているのをみてもそれはわかる。彼は万感の想いを「われ泣きぬれて」に込めていたのである。「東海」を日本と読み、特定の場所を歌ったのではない、という象徴派の論者は、大森浜での軽い感傷を歌ったような歌を彼が歌集の巻頭に据えるはずはない。つまり「大森浜説」では巻頭歌として相応しくないという判断から、大森浜から離れて行くのだと思うが、この浜での彼の感慨がどれほどのものであったか、という認識がいささか違っている結果ではないかと思う。例えば私が啄木と同じ不運にみまわれ一家離散、北海道流浪といった運命を背負ったとすれば、その苦悩は実際に経験したものでない限りわからぬとは思うが、軽い感傷などと言ってすまされるような問題でないことだけは確かである。ふるさとを追われ、函館も安住の地にはならないという、この悲痛な体験は啄木の短い生涯の中での最も苦しい時期だったのではないだろうか。したがって、大森浜での感慨は、啄木にとって、悲しくもまた懐かしい思い出なのである。そうした彼にとっての重要な歌群が巻頭に据えられるのはむしろ当然だと云っていいのではないか。

八、つぎに「蟹」について述べると、大森浜説では当然のことながら、実在の蟹ととらえている。「東海歌」の作歌以前に函館で作った詩「蟹に」で、「潮満ちくれば穴に入り、潮落ちゆけば這ひ出でて」と歌っているが、この文句は啄木が大森浜で蟹を実際に見ていたから書けた文句だと思う。磯同様に大森浜には蟹がいない、という「大森浜説」の否定論があるが、これも啄木が単独ではなく友人と大森浜を散策したおりに得た詩想によって蟹の詩を書いているのだから嘘を書くはずはない。したがってこの否定論も成立しないと思う。東海を日本と読んだ論者の多くは、蟹になにかを象徴させるという解釈をされているが、その象徴が論者によって雑多なのである。少々例を引くと、

昆豊、玩具に等しい短歌。
宮崎郁雨、個性、自我、文学、思想、哲学。
石川正雄、人生の横這いの道。
吉田孤羊、文学もしくは芸術。
今井泰子、日常周辺のささやかなもの。
玉城徹、蟹行書、つまり横文字の書。

橋本威、無為な行為。

大沢博、植木貞子。

この状況を見てもわかるように、人それぞれの想いによって様々な象徴が生まれて来るのだから、私などは全く混乱してしまうのである。実在の蟹と解釈している大森浜説の方がよほどすっきりしているのではないか。私はこれまで述べてきたように、「東海歌」の原風景は大森浜以外にはなく、それも離函当時の彼の感慨を歌った歌だと理解するのが彼の短歌観に背かぬ率直で飾らぬ解釈だと確信するのである。

九、一方東海を日本と読む象徴派の解釈として、桂孝二氏の代表的な見解がある。「東海の語は、（中略）海をさすのではなく、日本をさす古い中国のことば、（中略）ここでは、「東海」で大きな感じを出しているのである。日本の小島の、いのちなき砂浜で、蟹とたわむれている「我」は、蟹とともにまことにはかない存在であると詠んだのだと思う。蟹とたわむれる、そういうささやかなことしかできない。そういう自己のちいささを嘆いている歌なのである。」（啄木短歌の研究）また今井泰子氏は桂氏の見解に同調したうえで、「特定の場所や一定の時期への追憶といった要素をもちこむよりも、一般的な心情の表出と解するほうが、代表歌とされた理由も納得できるはずである。」（日本近代文学大系石川啄木）この見解は「東海歌」単独での解釈としてみる場合は理解できると思うが、私は後に続く大森浜での感慨を歌った九首との関連で読むとき、はたして「大森浜派」の見解より優れているかどうかに疑問を持つのである。つまり「自己のちいささを嘆く」歌だということであるが、そのような感慨と、ふるさとを追われ移住した函館もまた大火によって札幌へ流浪を強いられるという不運を背負った啄木の心情は、前記したように死さえ意識に置いたほどの悲痛なものだったと考える。したがって「自己のちいささ」などといった嘆きとは比較にならない重さをもっているのである。ならば啄木にとってどちらの心情か強く深く重いものであったかを考えれば自然に答えは出ると思う。繰り返すようだが、啄木はうれしいにつけ、かなしいにつけ、大森浜で過ごした日々の感慨を巻頭に集めたのは彼の生涯にとって大森浜での感慨が、悲しくも、懐かしい、もっとも印象ぶかい追憶だったからである。

十、その他にも、高坂薫氏が提唱している「分離解釈」といった考えかたも出ているが、氏によれば「分離解釈」なるものは桂氏の記述からヒントを得たようで、「桂の解釈には明らかに分離解釈がみられる。」とし、次のように解説されている。「詠出時では「東海の」の歌意は「無限に対して無力で小さな自己を嘆いている歌」であるが、「一握の砂」編集時の解釈は、「無限に対して無力で小さな自己をいとおしむ心」の歌と「なっていたであろう」と区別している。これから推して、桂も「暇ナ時」詠出時の原義を大切にしながらも、「一握の砂」の啄木の編纂時の生活と思想背景を考慮に入れたかのような、その意図を察知して啄木の心情の微妙な相違を表している。」(東海の磯考―分離解釈と技法)

読者は自由にどのような解釈でもできるが、それが作者の想いと一致するという保証はない。啄木が歌集編集時、この「東海歌」に詠出時以外の要素を感じていたとは思えない。「大森浜派」の立場から言えば、前に、啄木は「東海の歌」を筆頭に以下九首は大森浜での感慨を巻頭に集めたのだと述べたが、彼は歌集編集時に大森浜での感慨を歌った歌五首をわざわざ作って十首にしているのであり、詠出時と編集時で「東海歌」の解釈に変化があったとは思えない。基本的な考え方からすれば、詠出時に作者は何らかの感動なり、興味なりを主題として作歌すると思うが、たかが二年そこそこで、詠出時の想いを変える必要があったかどうか私は疑問に思う。というのも、作歌時の主題に対する作者の想いが最も強いからである。もし編集時の環境その他の変化によって歌意が変わるのであれば、その歌の完成度に私は疑問をもつだろう。

十一、「東海の歌」の原風景だという諸説。私はこの歌の原風景は大森浜以外にないことを機会あるごとに述べてきたが、認めたくない人もあり、これまで大森浜には磯はない、蟹もいない、小島でもなければ東海でもないといった大森浜の否定論が多く出された。しかし啄木の著作から、大森浜についての記述はいくらでも提示できるが、他の浜についての記述はきわめて乏しい。この事実はなにを語っているのかと言えば、啄木の印象に残るものが他にはなかったということであろう。このことは彼が「汗に濡れつつ」でも明確にのべている。にもかかわらず、近年「東海歌」の原風景だとして青森県から二件新説が出た。そのひとつは大間町の沖に浮ぶ「弁天島」であり、他の一件は八戸市の「蕪嶋」である。どちらも地元の人が「啄木はここに来たことがある。」という話が伝わっている。ということを唯一の手がかりとして、これらの島に磯もあれば蟹もいることを理由に「東海歌」の原風景を主張しているのだが、もしそれを公にするのであれば、まず第一に啄木が確かにこの島に渡ったというその事実を証明するのが先決であって、足跡の証明が出来た後に初めて原風景を言う資格ができるのではないか。それなくして何があったとしても無意味であろう。だからこの二件は啄木の足跡の実証に努力しなければならぬ段階の話であって、「東海歌」は無論のこと、原風景などの言える立場にはないのである。しかしこうしたケースは地元の観光に利用したいといった目的から出てくる場合が多いように思う。この両島について、啄木の著作には全く記載がないので可能性は絶無に等しい。少なくとも伝記に関わる問題であるから、発言は常に慎重でありたいと思うのである。また三陸海岸説もあるが、この場合は啄木が修学旅行で確かに足跡を残しているから前二者と違って「東海の歌」の原風景を言える立場にはあるとしても、啄木が「汗に濡れつつ」で「海といふと予の胸には函館の大森浜が浮かぶ。」「その後時々海を見た。然しそれは何れも旅行先でのことで、海を敬し、海を愛し乍らも、未だ海と物語るほど親しくはならなかった。」と述べているから、旅行中に見た海は原風景には無理だということであろう。

十二、まとめとしての私解。

私はこれまで述べてきた理由から、「東海歌」の原風景は大森浜以外にはないことを確信している。

1、原風景が大森浜ならば、「東海」を日本のことだと考えるよりも、啄木が大森浜で作詩した「蟹に」で言っているように東の海と読むほうがいいのではないか。大森浜から見える海は東の海だからである。

2、啄木は歌集「一握の砂」出版に際して、「率直で飾らぬ歌」であることを公表しているのだから、歌集編集時以前の四十一、二年の作である巻頭以下の五首もまずこの短歌観に抵触しないものが選出されていると考えるのが自然であろう。

3、ならば「東海歌」も率直で飾らぬ解釈をすべきである。つまり歌われていることを素直に解釈するということである。そうした観点からみると、砂や蟹になにかを象徴させるといった解釈よりも、蟹なども実在のものとし、大森浜で漂泊の悲しみに泣く自己を愛惜するという解釈のほうが、よほど率直な鑑賞のように思われる。

4、漂泊の悲しみと言っても、「われ泣きぬれて」は、象徴派がいうような、軽い感傷などではない。死さえ意識に置いたほどの悲しみであったのだ。したがって、「われ泣きぬれて」に啄木は万感の想いを込めていたと思う。

5、「東海歌」に続いて大森浜を詠んだ九首を置いたのは彼が大森浜での想いをここに結集したいと考えたからであろう。それは彼にとって大森浜での感慨が強い印象として残っていたからである。

6、巻頭の十首を「砂の十首」と一般に言われている。砂という字が多く入っているからだと思うが、私は反対である。第三首目の歌には砂はない。つぎの一首だ。

「大海にむかひて一人七八日泣きなむとすと家を出でにき」もし彼が砂を主題としていたのなら、一首たりとも砂のはいらぬ歌を入れるはずはない。したがって私は「大森浜の十首」というほうが無難だと思う。そのなかに砂に対する感慨もふくまれていることは言うまでもない。

7、象徴派は「東海」を即日本のことだと読むようであるが、それは大森浜派の言うこの浜での感慨といった軽い感傷を歌集の巻頭に据えるはずはない、といった既成観念から出る発想のようで、特定の場所にとらわれない、つまり「一般的な心情の表白と解するほうが代表歌としてふさわしい」というのである。この歌を単独で見た場合はたしかにそれはそれで理解できる。

8、しかしなぜ「東海歌」の後に大森浜を歌った歌を九首も持ってくる必要があったか、他にいくらもいい歌があるのだから、どのような編集でもできたはずである。しかも後の五首は歌集編集時にわざわざ作って区切りよく十首にしているのである。この事実は「東海歌」も大森浜の歌の中に入っていることを意味している。したがって私は大森浜説で解釈するのが啄木の意思にそうことになると思うのである。

9、この歌で解釈上最も重要な点は、「われ泣きぬれて」にある。ならばここを象徴派の解釈は納得いくものになっているのだろうか。「自己の小ささを嘆く歌」ということだが、こうした嘆きで、はたして若者が「泣きぬれる」ものかどうか、せいぜいため息をつく程度のものだと思う。したがって象徴派の解釈では「われ泣きぬれて」が充分に解釈されていない。その点大森浜派の解釈は、漂泊の悲しみに泣く啄木と解釈しているのであって、それは死さえ意識にあったことを前にも述べた。これまで述べたことから、私は大森浜派の立場を固執し象徴派に同調することは出来ないのである。

「東海歌」の原風景―大間説について

近年青森県下北半島の最北端の町、大間町の前面にある弁天島が啄木の名歌「東海の歌」の原風景だとする新説が発表された。この新説を私が初めて知ったのは、佐藤鉄城氏（北日本通信社主幹）が平成三年十二月十一日、ＡＴＲ展示館ミニ講演会での講演記録を読んだ時からである。それは次のように述べられていた。

「啄木が大間に来たことがあるという話もあり、大間を思いおこして詠んだのではないかと思われるのです。」とあり、その時期について明確な記述はなく、「どこにいたのかわからない期間もあります。函館にいたということにはなっていますが、はっきりしません。もし大間にきたとしたらそのはっきりしない期間ではないだろうかと思われるのです。また「母を迎えるため故郷に帰り、その際に野辺地へ足を運んでいますから、大間まで足を伸ばしたと考えるのは決して不自然ではありません。」とある。「どこにいたのかわからない期間」というのは、何時のことを言っているのかわからないが、函館にいた期間の行動は、日記によって明確になっているから、わからないといった期間はない。また、「母を迎えるため故郷に帰り」とあるが、この時は野辺地に来ていた母と一泊し、翌日には母を連れてすぐに引き返しているから、大間などへ行く暇はないのである。佐藤氏も陸路はやはり無理だと思われたのであろう、海路についても述べている。「函館の宮崎郁雨さんの家は、味噌、醤油の醸造屋でした。啄木が醸造屋の船か、出入りの海送店の船に便乗して函館の対岸である大間にやって来たのではないかと充分考えられます」と言うので、私はこの件について、宮崎家の遺族に聞いたところでは、「宮崎家に店所有の船はなかった」また「海送船に便乗するなどということは有りえない」という回答であった。大間に行ったとする佐藤氏のこのような推測では、到底納得は出来ない。

次に、「有田氏の話」として述べているのが問題の記述である。

「啄木が大間に来たことがあるという説の根拠には次のような話もあるからです。それは私が有田南海（謙二）氏とあったときのことです。有田氏は「今から四十年位前だから、確か大正五年だったと思う。函館の船が大間海岸で遭難し、七名の乗組員のうち四人が死亡したことがあった。（中略）遭難死亡者の霊を弔った門徒宗らしいお寺で、函館の話が出ると住職が石川啄木の名前を持ち出し「あの人はこの大間にも来たことがある。そのとき啄木はかなり落ち込んでいたと言ったのをはっきり覚えている」というのです。」

この証言を根拠にして、以後地元の人たちが活発に運動を展開していったように思う。なにしろこうした辺鄙な土地であるから、啄木ゆかりの町になれるとすればこの上ない観光資源であるから地元の人たちが熱心になるのもまた当然のことだと思う。川崎むつを氏が大間町で講演（平成五年十一月）され、その終了後出席者からの質問を受けた。その時の状況を木村龍一氏が「大間に旅す」（「樹木」5、平成六年）という文章で明らかにしている。「質問は啄木が大間に来遊したのか、という点に集中する傾向が強く、川崎氏は「歴史的事実の有無にあまり拘泥せずに、これだけの近い距離で、当時から北海道との交流が盛んだったのだから、啄木もおそらく大間に清遊をこころみただろう、ぐらいに考えてみたらいかがか」と助言した。が、米沢氏らは、「それではしっくりしないんです。やはり大間に旅した啄木の足跡がなんとしてもほしいんです」と川崎氏の顔に熱い視線をそそぐのであった。」と述べている。

この文章から地元の人々が何とかして啄木を引き寄せたいという熱意が伝わってく

が、川崎氏はその時点では、啄木が大間に来たことを証明するのは困難だという考えを持たれていたのであろう、あまり乗り気ではなかったことがわかる。それがどうしたわけか、おそらく地元の人達の熱意にほだされたのであろう、以後「啄木は大間に来た」という文章を各種の新聞、雑誌に連発されるようになったのである。

なにしろ「あの人はこの大間に来たことがある」といった風評だけが頼りなのであるから、その実証にはかなりの困難が予想される。氏は現在「東海歌」の原風景として有力な函館の大森浜を否定しなければ、大間の成立はないので、「あの大森浜の風景は『東海』の歌の風景とは全然あわないとおもっている。「東海」はともかく、『小島』もなく、『磯』もなく、『白砂』もなく、『蟹』もいない」(「樹木」平成六年5)と述べて全面的に大森浜説を否定している。その上で川崎氏は、大間町の前面約一キロにある弁天島を調査するために地元の人と船で出られたが、「うねりが大きいので上陸することが出来ず、沖から一と周りして観察して来たが、以前に本州最北端岬から眺めて感じていた通り、「東海の歌」の風景とそっくりであった。小島であり、磯があり、白砂があった。」と述べているが、そのような島なら他にいくらでもあるのではないか。弁天島に限ったことではないのである。私は大森浜についてはこれまで機会あるごとに述べてきたので、簡単に記すと、川崎氏が言われるほど「東海歌」に全く合わないということはないのである。

まず「東海」であるが、これを日本と読むか、東の海と読むかであるが、私は東の海と読む。大森浜の前面に広がる海は方位的に東の海だから、また「蟹に」の詩で啄木は、この海岸を「東の海の砂浜の」と歌っている、したがって啄木は東の海すなわち大森浜の海を「東海」と詠んだと言っていい。だから日本でなければならぬということはない。「小島」はどうか、大森浜から見える海つまり東の海は太平洋なのである。太平洋から見れば北海道などは小島でしかない。その辺にある小さな島ばかりが小島とは限らない。「磯」はどうか、たしかに函館山の周囲には岩が少しはあるが、本来の大森浜には磯はない。だが啄木は磯を浜辺、渚などと同意語だと誤解していたようだから、彼が磯と書いていても、海辺のことだと思えばいいのである。「白砂」これは科学的な意味での白砂の必要はない。白を形容詞として使ったか、また乾燥していれば白く輝いて見えるものである。次に「蟹」であるが、「蟹に」の詩は、大森浜で友人との散策時に作った詩であるから、見ていないものを詠むとは思えない。また宮崎郁雨の「砂の穴に住む蟹」という証言もある。以上述べたことから大森浜が「東海歌」の風景に全然合わないということにはならないのである。「大間説」が成立するためには啄木がこの弁天島に渡ったという事実を証明しなければならないが、彼の残した大量の記述の中にただの一字も大間や弁天島といった文字は出てこないのである。それに反して大森浜についてはいくらでも提示できる。もし啄木が歌に詠むほどの印象を受けた場所ならば、一回くらいはなにかに書き残してもいいのではないか。それが全くないということでは、まず大森浜に対抗して原風景を言える立場にはないと思われる。

私はこの問題を解決するには、現地を一度見ておく必要があると思った。幸いある旅行会社の「下北半島周遊」という企画のあることがわかったので早速参加を申し込んだ。

途中は省略して下北半島の部分だけを述べると、津軽の蟹田港から船で下北の脇野沢港に上陸し、佐井まで北上、ここから遊覧船に乗船して仏が浦を見学すべく港を出たが、途端に船は浪に翻弄され、まるで生きた心地はしないといった有様で、船内アナウンスは現地に行ってみないと接岸できるかどうかわからないという。しかし仏が浦は海峡から少々離れているので、浪もさほどでなくなんとか上陸することができた。佐井港などは海峡の真っ只中でもないのにあのような揺れ方なのだから、海峡の中にある弁天島のような所は何時でも上陸できるという保証はない、ということがわかった。あの日も、陸から見ていてそれほど波が高いようでもなく、風が強いこともなかったのにあれだけの揺れようなのだから、川崎氏たちも、弁天島へ上陸できなかったということが納得できた。

佐井からバスは間もなく大間町に入り、中心街を抜けると大間岬までは約一キロの砂地が続き人家が点在している。明治時代であれば人家とてないような荒涼たる砂地が続いていたであろう。岬の果てに現在「本州最北端の地」という石柱が立っている。そしてその前面約一キロのところに問題の弁天島という平坦な小島が横たわっている。ここの眺望はなかなか美しい。島には小さな灯台があり、一つのアクセントを添えている。近年この町も観光に力を入れだしたようで、観光バスも入るようになったが、明治時代には観光資源になるようなものは全くない、砂地の果てに無人島があるだけなのだ。仮に啄木が大間に来たとして、一キロの砂地を歩き、小船を用意して、上陸出来るかどうかもわからぬような無人島に行こうなどと考えるだろうか。そうした必然性は常識的にみて全くないのである。川崎氏の文章のなかで私が少々気になったのは「大間説は有力である、観光図書に搭載されている。」として観光図書二冊が示されていた。「郷土資料辞典2青森観光と旅大間町」と、「日本発見35岬と灯台」である。その中の一冊「郷土資料辞典」を調べてみた。この書物は都道府県別に各市町村についての観光案内の記事を掲載しているもので、大間町の問題の部分は次のように記載されていた。「突端の大間岬までは約一キロ荒涼と続いた砂地の果てに「ここ本州北端の地」の標識が立っている。前面には狭い水路を隔てて弁天島があり、中央に大間崎灯台がある。この島には石川啄木が流浪の途次立ち寄り、東海の小島の磯の白砂にわれ泣きぬれて蟹とたはむるとうたった一の潤の目覚めるような白浜がある。」と述べられていた。

私は啄木に関わるようになってすでに久しいが、冒頭でも述べたように「大間説」なるものの存在を知ったのはごく最近のことである。これまで目にしてきた啄木の記述や、研究者の文献などで、大間や弁天島などの地名を見た記憶はなかった。だが観光図書に「啄木が流浪の途次立ち寄り」と断定的な書き方をしているのであれば、あるいは私の知らない資料によるものかとも考えられるので、大間町役場に次の二点について照会してみた。

一、「郷土資料辞典」記載の大間町に関する記事の出所。

二、啄木が大間に来たという根拠になった資料。

五日ほどして大間町観光課から電話で回答があった。一、については町役場から出した記事ではないこと、二、については同町のY氏が、啄木は大間に来たことがあると言っていること、同氏は出張中につき、帰り次第資料を送る。という返事であった。しばらくして役場から大間町の観光パンフレットと、その資料なるものが届いたが、冒頭で述べた佐藤鉄城氏の講演内容（寺の住職の話では、啄木がこの大間に来たことがある。）を根拠にしているだけで、新資料の提示を期待していた私を失望させた。

観光図書の大間町の啄木に関する記事というのは、啄木研究者のあいだでもこれまで全く出てこなかった事項であるから、ましてや一般の人達が知っているはずはない。

役場は否定したが、この記事はこの町から出たことは確かであろう。風評を頼りに、「啄木はこの大間に来たことがある」だけならまだしも、「東海の歌」の原風景だというような宣伝をすることが妥当なものなのかどうか、何一つ確証のない時期にそうした発言は慎むべきものだと思う。というのも、啄木の足跡については彼の伝記に関わる問題だからである。

その後も川崎氏のこの問題に対する熱意は続き、今度は大畑の中山正次（梟庵）氏の歌を提示して、これが啄木が大間に来た証拠だという文章を発表された。「啄木はよも忘れまじ青森県大畑にある正教寺内」という歌なのだが、正直なところ私はなにを歌っているのか理解に苦しむ。だが川崎氏は「そしてその次の報告は私を驚喜させた。むつ市の鳴海（健太郎）氏が啄木が大間町の隣の大畑町に来た証拠の歌を見つけた。」（「樹木」平成八年・8）この歌が発見されたことで川崎氏は驚喜されたとあるが、この歌で啄木が大畑に行った証拠になるのだろうか、仮に大畑に行ったとしても、大間に行ったことにはならない。大畑から大間へはまだ約三〇キロも先なのである。

しかし川崎氏は次のような推測をのべている。「啄木は「明星」誌上で中山正次の住所を知り、明治三十五年七月の夏休み下北旅行の途中に訪ねた。この旅行は（中略）野辺地までは汽車、伯父対月和尚の常光寺に泊まり、以後は徒歩で北上、田名部（むつ市）の寺に泊まり、大畑の正教寺に泊まり、そこで中山と会って大いに語り合ったと思う。「啄木はよもわすれまじ」の歌がそれを証明している。それからさらに西行して大間の地蔵庵に泊まり、住職の米持運介和尚と語り、同地の女歌人藤島スエ（盛岡の人）とも語り合い、岬の先の小島にも渡ってみた。」（「東海歌の原風景と意義」東奥日報一九九五年四月八日）

これは氏の見事な推測であるが、残念ながらこの推測は成立しないのである。明治三十五年の七月を氏が考えられたのは、おそらく啄木はカンニングが発覚して処分を受けたことから落ち込んでいただろうということ、毎年七月には修学旅行が実施されていること、（しかし三十五年度の修学旅行は五月に松島仙台方面で実施済みだが、七月が空いたのでこの時期にされたと思われる。）その上、啄木はこの年まだ日記を書いていない。したがって、彼の行動は把握されていない。そうした理由からこの時期を選ばれたものと思う。明治三十五年七月の年賦を見ると、「七月五日、第一学期の試験始まる。十二日に終了。十五日（前略）試験に不正行為をはたらいたかどで、この日の職員会議において譴責処分と決定、保証人田村叶が召喚されることになった。」年賦にはこの後は九月二日までとんでいるので七月十六日以後の状況は年賦からはわからない。しかしその欠落部分を埋めてくれるのが書簡である。七月中に小林茂雄に出した書簡が、七月二十日、二十五日、三十一日の三通ある。二十日の文面には、「去る十六日午前三時五十五分急に帰って参りました。」とあり、十五日、譴責処分が確定し、その翌日には早くも渋民に帰ってきたのである。後の二通もすべて渋民村より、となっているから帰郷以後渋民に蟄居していたことがわかる。したがって七月には他の土地へ旅行などする日程的な余裕は全くなかった。川崎氏は、野辺地から徒歩で大間まで旅行したように書かれているが、野辺地から大畑まででも約七〇キロあり、大間ということになれば一〇〇キロはある。修学旅行などで友人などと一緒ならばまだしも、単独ではいささか無理であろう。それも重要な用件があるなら別だとは思うが、大間にはそうしたものがあるとは思えない。これまで述べたように啄木が大間に行ったことを証明することはほとんど不可能に近い。

私見によれば「啄木が大間に来たことがある」と、地蔵庵の和尚が言ったのは、啄木の父一禎和尚のことだったのではないかと思う。父はその頃渋民の寺を追われ、野辺地の師僧対月のもとで、悶々とした日々を送っていたと思われる。地蔵庵は同宗の曹洞宗だというから、以前から面識があったとしても不思議ではない。彼は浪浪の身をもてましていたはずだから、身の振り方の相談に行ったという考えかたもありうる。野辺地からなら海路で大間に渡ったとしてもそれは可能であろう。「啄木はそのとき落ち込んでいた」と言う話も当時の一禎の状況を考えればうなずかれるように思う。啄木というのは、人前で女々しい態度を見せるような男ではない。常に毅然とした態度の誇り高き人物である。したがって私は、この言葉を読んだとき、これは啄木ではないことを確信した。「啄木の父が」と言う話が、年月の経過とともに、いつの間にか「啄木が」というように誤って伝えられるようになったのではないだろうか。それは啄木が大間に行く必然性は殆どないと思うが、父一禎ならばかなりの確率で有りうると考えるからである。

最近大間に啄木の歌碑が建設された。

歌碑建立については、私的なものは別にして、少なくとも公的な場所に建立する場合はその土地ゆかりの歌として確立していることが必要条件だと思う。例えば渋民の「やはらかに柳あをめる北上の岸辺目にみゆ泣けとごとくに」とか盛岡公園の「不来坊のお城の草に寝ころびて空に吸はれし十五の心」などをみても、啄木に関心のある人ならば、抵抗なく受け入れられるものであろう。そのような歌碑は有意義なものと思うが、そうした観点から大間の歌碑を考えるとき、啄木の足跡さえ確認出来ていない段階で、風評だけを頼りに歌碑を建立することはあまり意味がないように思う。というのも、「東海の歌」は啄木を代表する歌であり、広く知られた名歌であるから、歌碑を建てることは自由だとしても、風評だけで簡単に大間の弁天島がその「原風景」だなどと宣伝されたのでは誤解を撒き散らすだけのことだと思う。私がこれまで述べてきた記述からは、啄木が大間に旅したという可能性はほとんどないように思われるからである。私が少々奇異に感じたのは、米沢菊市氏の新聞記事である。「大間説の究明はスタアトを切ったばかり。これからますますのご努力、ご指導を得て、啄木東海歌原風景の究明に一層の精進をしたいと思っている。」（「北海道新聞」、平成十年十月七日）これは常識からすると逆の話であり、歌碑を建ててから「原風景の究明をする」という。普通は究明し確定した後に建てるものだと思う。大間町としては観光資源として啄木は有力な材料であるから、なんとしても引き入れたいという気持ちは理解できるのだが、なに一つ確定していない現段階で既成事実をつくり、「東海歌」の「原風景」だと宣伝する態度は好ましくない。啄木を愛するのならばもう少し慎重に進めてほしかったと思う。

「東海歌」の原風景―八戸蕪嶋説について

最近、岩織政美著「啄木と教師堀田秀子」「東海の小島は八戸・蕪嶋」（沖積社）という書物が出版された。この本で私が注目したのは、堀田秀子というよりも、「東海歌」の原風景だとする新説、八戸の蕪嶋のほうにあった。私はこれまで「東海歌」の原風景についてては強い関心を持っていたから格別の興味を覚えたのである。私は従来「東海歌」の原風景については、「大森浜説」を支持しているが、現在もその立場に変更はない。それは、「大森浜説」を駆逐するだけの納得できる新説が出てこないからである。岩織氏が堀田秀子と「東海歌」の研究に入られることになった動機は、啄木の歌、次の五首を秀子の近親者から示されてからだという。

・東海の小島の磯の白砂に
　われ泣きぬれて

蟹とたはむる
・誰がみても
われをなつかしくなるごとき
長き手紙を書きたき夕べ
・ほたる狩り
川にゆかむといふ我を
山路にさそふ人にてありき
・かの家のかの窓にこそ
春の夜を
秀子とともに蛙聴きけれ
・潮かをる北の浜辺の
砂山のかの浜薔薇よ
今年も咲けるや

これらの五首について、次のように述べられている。「啄木歌集『一握の砂』にあるこの五首は、啄木が渋民小学校の代用教員時代に同僚だった堀田秀子を思って、作品にしたもの、詠んだものであると、八戸の一部の人々から密かに語り継がれてきました。特に、啄木の代表歌とされ「東海の小島の磯」が、八戸出身の堀田（室岡）秀子と関わって、八戸鮫の蕪嶋を詠んだという説は、これまでの啄木研究では全く考えられもしてこなかったのです。ことに衝撃的なこの説が、八戸の秀子の近親者の間で長く語り継がれてきており、その裏付けを明らかにしてほしい、こう請われたのは、一九九一年八月三日（中略）そのときから江刺家氏と共に啄木と秀子を追ってみようと約束しながら無為のまま数年を経てきて、ようやく手を染めたのが、一九九五年のことでした。」と述べられている。岩織氏は前記の歌のうち「東海の歌」は後で詳しく触れるとして、まず二番目の「長き手紙」の歌について、明治四十二年一月十一日の啄木日記に「なつかしい堀田秀子から長い手紙がきた」と書かれていることを指摘し、一方、秀子本人も後に「はじめさんはその後函館からも長い手紙をよこした。」「東奥日報」（昭和三十一年四月十二日）の記事を示し「長い手紙の交換は、啄木と秀子の間では象徴となっていたことは明らかです。」という。

啄木が出した堀田秀子への手紙は「啄木全集」には一通も掲載されていないから、「長い手紙をよこした」と言っても、どの程度の長さなのか判断できかねるが、啄木の手紙というのは、長文であることが特徴になっている事は「書簡集」を一瞥すれば明らかなことである。したがって、長文の手紙は秀子にだけ与えられたわけではない。私は「長き手紙」の相手は女性に限らず、男性であっても一向にかまわないと思っている。「誰がみても」とは特定の人物を示してはいないからである。啄木と親しかった友人達はしばしば長文の手紙をもらっていた。

ほたる狩り
川にゆかむといふ我を
山路にさそふ人にてありき

この歌に対して、前記「東奥日報」の記事を引き、「夏ホタルが出るころ生徒四、五人を連れて、私の部屋の窓から「堀田先生、ホタル狩りにいきませんか」と大きな声で呼びにくる。」とあるが、秀子が渋民小学校に着任したのは明治三十九年九月二十九日であったから、啄木と親しくなったのはおそらく十月以降であっただろう。また啄木が免職になったのは翌年の四月二十一日で、この期間は秋から冬を経て早春である。はたして蛍が見られたのであろうか。また、橘智恵子や、小奴、渋民小学校の同僚だった上野さめ子といった、啄木が親しんだ女性を詠んだ歌を見れば明らかで、同一人の歌は何首あっても一箇所に集められている。「ほたる狩」の歌がもし秀子を読んだのであれば、村の開業医、瀬川彦太郎を詠んだ、

年ごとに肺病やみの殖えてゆく
村に迎えし
若き医者かな

という歌のあとに配するはずはない。歌は瀬川医師の妹瀬川いと子がモデルであるという従来の定説に間違いはない。

かの家のかの窓にこそ
春の夜を
秀子とともに蛙聴きけれ

この一首こそ間違いなく秀子を詠んだ歌であろう。したがって、「ほたる狩」の歌が秀子を詠んだ歌であるならば、この「蛙の歌」の前か後ろに配置されていなければ秀子の歌ではないのである。

潮かをる北の浜辺の砂山の

かの浜薔薇よ
今年も咲けるや

岩織氏はこの歌について、「研究家の江刺家均氏は、野辺地海岸を詠んだものであると断定しています。」とある。どのような根拠で断定されるのかよくわからぬが、私はこの歌を「忘れがたき人人」の章に収録している点を重視すべきで、啄木が吉野白村宛の書簡（明治四十三年十月二十二日）に、この章は「函館から釧路まで」の歌だと書いているから北海道以外の土地はすべて否定されることになる。彼が暮らしたのは、函館、札幌、小樽、釧路だが、砂山のある浜辺は函館の大森浜以外にないのであるからここが原風景であって、野辺地海岸などではない。氏が最後に詳しく触れると言われた「東海の歌」について、

東海の小島の磯の白砂に
われ泣きぬれて
蟹とたはむる

この歌について氏は、「一般的な解釈では、安易に「函館・大森浜」のイメージとされています。」また、「風が強いところで、昔の荒涼とした砂地を想い浮かべると、この

名歌の感じは出てきません。小島もなく、蟹さえ砂浜に出てくるものではなかったと、いわれていることをよく考えてみるべきでしょう。名歌の舞台の大森浜という虚像だけ独り歩きしているようです。」とも言う。氏はこの荒涼とした風景は「東海歌」の風景に合わない、と言われるが、どのような風景が「東海歌」の原風景としてふさわしいと考えられているのかよくわからない。砂山のあった頃の大森浜は、道路もない広大な砂地で、人影も少なく、大波が寄せては返すという全く淋しい浜であった。私はむしろそうした荒涼とした浜辺こそ、この歌にふさわしい背景だと思っている。ふるさと渋民を追われた啄木が、この浜に独り佇み、漂泊の悲しみに包まれ、自己愛惜の涙を流しながら蟹とたわむれている。こうした情景は、荒涼たる背景の中にあってこそ、悲しみは増幅されてより効果的ではないだろうか。

「大森浜」は小島でもなければ蟹もいない、といった批判は多い。私はこの件については機会あるごとに述べてきたので簡単に記すと、「東海」は東の海と読む。大森浜から見える海は東の海であり太平洋なのである。「小島」はどこか、東の海、つまり太平洋から見れば北海道などは小島でしかない。「磯」は大森浜にはないが、啄木は磯を海辺、渚などと同意語だと誤解していたから、彼が磯と書いていても、岩場と考える必要はない。「蟹」はいてもいなくてもいい、何故ならば、啄木は大森浜で「蟹に」という詩を作っているから、実際に蟹を見て詩を作ったとは思うが、もし想像で作ったとしても、「東海歌」の場合も同様だと考えれば蟹の有無には関係ないことになろう。以上述べたように、大森浜が「東海歌」の原風景にならないということはないのである。岩織氏はこの歌について、野口雨情や与謝野鉄幹の記述を信用されていて、啄木日記を軽視されているようだ。雨情は原作が「渚辺」であったのを「白砂に」がいいとし、また「蟹とあそべり」を「たはむる」がいいと助言した」といった発言があるが、啄木というのは、自意識の強い男であるから、他人に自作を直してもらうような人間ではない。たとえば、「明星」に送った歌を鉄幹が直して出したのを見て啄木は「与謝野氏の直した予の歌は、みな原作より悪い。感情が虚偽になっている。所詮標準が違ふのであらうからしかたがないが、すこし気持ちが悪い」（日記・明治四十一年七月十日）なんともたいした自信なのである。

また、鉄幹は、「東海歌は千駄ケ谷の歌会で蟹という席題があって、その時の作だ」と述べているが、雨情、鉄幹の記述のような事実はないのであって、これらの記事は、研究者の間でも全く信頼されていない。もし、雨情の言うように、北海道時代にこの歌が出来ていたのなら、歌集の巻頭に据えるほど啄木が気に入った歌だから、従来定説になっている明治四十一年六月二十四日の作歌以前に、新聞や雑誌に発表されていてもいいはずだが、六月二十四日以前に発表された事実はない。また、啄木が出席した歌会で「蟹」という席題もなかった。したがってこの歌は明治四十一年六月二十四日の作であると断定していい。少々うがった見方をすれば、雨情や鉄幹の発言は後年のもので、啄木の名声も上がり、「東海の歌」は名歌として広く知られる存在となった。生前の啄木と親交のあったこの両人にすれば、多少とも自分の手柄にしたいといった感情があったのではないか。こうしたことが言えるのもこの両者の文章には自己都合にいいような記述が多々見られるからである。そして岩織氏は、「啄木の東は何処を意識していたのであろうか。啄木が故郷渋民で東西南北を見るとき、八戸の海岸（北三陸）は『東』の方向にあたります。渋民を基点にすれば、八戸・蕪嶋はまさしく『東海の小島』です。」そしてまた、「啄木が『東海』と特定の地名をむすびつけて記述しているのは、富田小一郎先生追想の『百回通信』文にでている『八戸』だけなのです。」この記述には少々誤解があるように思う。氏が言われる「百回通信」の記事は、「先生八戸に去りて数年、決然教職を擲って東海に泛ぶ」ここで啄木が言っている「東海」は東側の海ということで、太平洋を指す。もしも、富田小一郎先生が、八戸ではなく、宮古に行っていたとすれば、やはり「先生宮古に去りて数年、決然教職を擲って東海に泛ぶ。」と書いたにちがいない。太平洋側の都市はすべて東海と結びついているわけで、八戸固有のものではない。

次に啄木が秀子の実家を訪問したという件について検討してみたい。「石川啄木が或る日、突然に小中野の室岡寅次家に現れて、ぜひ秀子さんに会いたい、会わせて欲しいといった。啄木は「だめです」と拒否されて、「それならば秀子さんにぜひ渡してほしい、これは秀子さんを詠んだ歌です。」と付言し、短歌三首を託した。」その中の、

東海の小島の磯の白砂に
われ泣きぬれて
蟹とたはむる

この一首は「八戸の蕪嶋の情景を詠んだものです。と言っていた。このことが室岡家の家人の間で、事あるごとに秘かに伝えられてきていた。」こうした話は研究者の間では問題にする人はないと思うが、その先を続けると、「啄木は、はるばる訪ねた八戸の秀子に会うことが出来ずに無念だったでしょうが、室岡家ではいつかは種市に住む秀子の住所も啄木に伝わるだろうと考えて、秀子を急遽呼び出して、学校から離し、函館の

堀田家に身を隠すように諭したといいます。間もなく、啄木はそのことを知り、夜に函館の堀田家に押しかけ、酒で酔いながら、「秀子出て来い！ 秀子に会わせろ！」と叫び、屋根に小石を投げつけたともいう。この記事は話としては大変面白いが、事実無根の創作であろう。

啄木は明治四十一年四月二十四日に最後の上京をしてから、東京を離れたことはなかったから、秀子に会いに八戸に行ったという事も、函館で会ったこともない。岩織氏はその時期について、明治四十三年五月の初、中旬であろうと言う。その前月の四月の啄木日記は書かれているが、五月以降は書かれていないのである。翌四十四年の日記補遺として、「前年（四十三年）中重要記事」を特に書き出しているが、「五月・無事」とだけ書かれているから五月には記事にするほどの重要な事項はなかったということであろう。四月の経済状況をみると、「前月の残金が一円ほどで、借金が六円ばかりある。五日、木村爺さんから五円借りる。十日、羽織を質に入れてビールを飲む。二十一日、妹が名古屋へ発つ時、金田一君から旅費を借りた」こうしたゆとりのない生活であるから、五月になれば好転するといった保証は全くないのである。したがって旅行などの出来る状況にはない。岩織氏の言われる五月に秀子を啄木が訪問したと言う仮説は否定されることになろう。秀子は啄木を知ったときから、彼がすでに妻帯者であることは承知していただろうし、啄木が友人の間で借金をかさねていて、その面で評判の悪いことも知っていただろう。だから近親者からも啄木はよく思われていなかったであろうが、しかし結婚を迫るとか、危害を加えるといった危険な人物ではないから、なにも逃げ回る必要はないのではないか。「秀子を急遽呼び出して、学校から離し、函館の堀田家に身を隠すように諭した。」とあるが、啄木が函館にいたのは、明治四十年五月から九月までと、釧路を脱出して函館に帰った翌年の四十一年四月七日から上京する同月十四日までの期間である。啄木が函館にいた期間には、秀子はまだ渋民小学校に勤務していたから、函館で啄木と秀子の接触は全く考えられないし、前記したように東京時代は何処にも旅行していない。したがって、啄木が渋民を出て以後秀子との接触はなかったと断定できる。また、「室岡家では、堀川家でも同じですが、その後、秀子と啄木のことは誰にも話してはならないと禁句になり、あまり触れられないできました。」としながらも「以上のことが伝わっていますが、このことを何方に話せばよいのか、長いこと考えあぐねていたのです。」とあるが、私には言われていることが少々矛盾しているように思われる。「誰にも話してはならない」のであれば、「何方に話したらいいのか」などと考えあぐねる必要はないと思うからである。岩織氏らに、これら秀子に関わる歌について、「その裏付けを明らかにしてほしい」と依頼されたとすれば、これらの歌が秀子との関連に自信が持てていないということを意味する。啄木が秀子を訪ねてきて三首の歌を示し、「これは秀子さんを詠んだ歌です。」と、本当に啄木が言ったのであれば、裏付けを明らかにする必要は全くない。本人の言葉ほど確かなものはないからである。こうした観点から言うと、この話の真実性はかなり疑わしいことを当事者自身が暴露していることになりはしないか。

以上断片的に思いつくまま述べてきたが、結論的にいうと、秀子を詠んだ歌だとして多くの歌を提示されたが、彼女を詠んだ歌は、名前の入った「秀子とともに蛙聴きけれ」の一首であることはすでに定説である。私の推察によれば、渋民小学校で秀子の前任者であった上野さめ子を詠んだ歌が四首もあるのに、啄木が好意をもっていた秀子にはたった一首しかないというのは、近親者にとっては不満であったと思う。それで適当に好きな歌を加えてあのような話を作ったものと考える。

また啄木が秀子を訪問した事実はない。啄木は上京して以後、精神的、経済的に余裕ある生活はほとんどなかったから、旅行などの出来る立場にはなかった。「東海の歌」

については野口雨情や与謝野鉄幹の記述は全く信頼されていない。明治四十一年六月二十四日の作であることは定説になっている。「東海歌」の原風景として啄木が「これは八戸の蕪嶋を詠んだ歌です。」と言ったというが、この風評だけで納得する人はないのであって、多角的、具体的な証明が必要であろう。現状では啄木の足跡さえ明らかになっていない。

最後に岩織氏は、「室岡家に於いて、明治末から大正、昭和と密かに語り継がれてきた「話」を架空のものとして否定することはできないだろうし、否定する権利もない。」と、「あとがき」で述べられているが、だがしかし、私には否定する記述は多々あったが、肯定出来るものがなかった。ようするに、風評だけでは「東海歌」の原風景として、「大間説」同様に「蕪嶋説」も「大森浜説」を駆逐することは出来ないように思われる。

「東海歌」の原風景—三陸海岸説について

川田淳一郎氏の論文「東海の小島の磯の白砂考」（「国際啄木学会」東京支部会報第9号）について、その感想を述べてみたい。氏は次のように述べている。「この歌は啄木が函館にいた時代、彼が度々訪れた大森浜の光景の記憶を引用したものと啄木研究者の間で言われている。はたしてそうなのであろうか、これには問題が有ることを筆者は提起したい」と「東海歌」の原風景としての「大森浜説」に対して疑問を提示しているわけである。氏は「白砂」に注目し、大森砂の砂は白砂ではないと言い、啄木が中学三年の夏休暇に学友と旅行した三陸海岸の浜が白砂に近いことから、ここに「東海歌」の原風景を求めるというのが川田氏の結論のようである。「白砂考」とあるだけに、白砂について科学的見地から詳細に調査されているのに感心したが、しかし結論から言うと、この白砂だけを唯一の頼りにして、「東海歌」の原風景を三陸海岸に求めようとするのは少々無理があるように思う。これまでにも大森浜には磯がないとか、蟹もいなければ小島でもない、と言った一部分を採り上げて、多くの論者が大森浜の否定論を展開してきたが、これと同類の指摘だと思うからである。

短歌というのは言うまでもなく文学的な部類に属するものだから、必ずしも真実ばかりが歌われているとは限らない。印象であったり、形容であったり、あるいは全く虚偽であったとしても一向にかまわない文芸だから、この白砂にしても、ただ砂というよりは白砂のほうが美しくもあり、白を形容詞といった意味で使ったか、また夏の日差しの強い日には、砂もよく乾燥して白く輝いて見えるものである。私は戦前函館に居住していたので、大森浜で白く輝く砂を実際に目にしている。したがって科学的な意味での白砂である必要はなく、啄木も文学的な表現で白砂と詠んだものと考える。氏はまた「函館の大森浜一帯を歩いて調べてみたが、海の侵食が大きく啄木時代のように、砂浜と言える程のものは見られなかったが、どう見ても白砂と見える所はなかった。」という。

この浜は今では昔の状況を想像出来ぬほど大きく変貌をとげてしまった。現在は舗装道路に沿って僅かな砂浜が続くだけだが、昔は道路も全くなく、広大な砂丘が続き、人影さえあまりないような砂浜が函館山まで美しい弧線を描き、身の丈ほどもあるような大波が寄せては返すといった、全く淋しい浜であった。そうした浜辺であったからこそ、啄木が漂泊の悲しみに包まれて、涙しながら蟹と戯れている背景としてこれ以上のものは望めないように思うのである。川田氏が「東海歌」の原風景だとする三陸海岸の砂は、白砂として氏の評価では全国第四位だそうで、「この評価に当たる白砂は、晴天の昼近くでは眼にまぶしいほどの白砂として十五才の少年啄木の眼に写ったことは先ず間違いなかろう。」と言い、「また啄木の脳裏にこの白砂の強い印象が、深層心理として残った」と言うのである。そこで川田氏の原風景だとする「三陸海岸旅行」の記述について検討してみたい。

「啄木達の足取りをみると、まず盛岡から東北線で一関にでる。それから大船渡線に乗って汽仙沼につく。汽仙沼から三陸線に乗って、生まれて初めて海を眺めながら釜石にでた。」とのべられているが、この記述は事実ではない。大船渡線(1)や三陸線(2)は昭和になってやっと開通したのであって、明治時代には三陸海岸に鉄道はなかった。この件については「船越日記」に詳しい。啄木達の三陸海岸の旅行は、盛岡から東北線で水沢に下車し、以後は徒歩と船を使い、八日間を費やして釜石に到達しているのである。また氏は、三陸海岸とだけ述べていて、特定の浜を明示していない。三陸海岸は久慈市から気仙沼に至る北部、中部、南部陸中海岸を言い、かなりの広範囲にわたっている。ほとんど岩手県の東海岸全域といってもいいほどである。私が必要だと思うのは、白浜の砂の調査と言うよりも、啄木達が宿泊をしてそこの浜辺で遊んだ場所、海水浴や、蟹などと戯れて楽しんだ浜の砂はどうなっているのか、そのほうが直接的で意味があるのではないだろうか。三陸海岸なら白浜であろうと、なかろうと同質の砂なのであろうか。

氏の調査では、岩手県での白浜は、宮古市と三陸町の二箇所が出ている。宮古市はこの旅行とは無関係で、三陸町の海岸も啄木達は通っていない。私が必要だろうと言うのは、高田松原、吉浜、船原川、この三箇所の海岸で彼らは海と親しんでいるから、これらの浜の砂がどうなっているかを明示してほしかったと思う。何でもそうだが、一部分だけを頼りに判断するのは危険で、歌ならばその全体を見て判断すべきものであろう。つまり「われ泣きぬれて」と歌った背景として三陸海岸はふさわしい浜だったかどうか、啄木達は前記した浜辺で初めての海水浴を楽しんだりして、おそらくこれまでに経験したことのない喜びを味わったことと思う。したがって啄木達の脳裏には後年に至るまで、三陸海岸は楽しかった思い出しか残っていなかったはずである。ならば「東海歌」に詠まれた「われ泣きぬれて」といった背景にはならないと思う。その点で言えば、大森浜は「泣きぬれる」のにふさわしい浜辺だった。彼が函館に渡ったのは、ふるさとを追われ、一家離散というこれまでの人生で経験したことのない最も悲惨な時期だったからである。「一握の砂」巻頭の十首は、海であり、砂浜や砂丘を題材として歌っているのだから、その背景には何処かの海や浜辺を念頭に置いていたはずである。ならば彼が、「汗に濡れつつ」というエッセイで述べている記述がその解答だと言えるように思う。「海といふと予の胸には函館の大森浜が浮ぶ。東北の山中に育った予には由来海との親しみが薄い。」「その後時々海を見た。しかしそれは何れも旅行先での事で、海を敬し、海を愛し乍も、未だ海と物語る程親しくはならなかつた。」その一部を引用したがこれだけで充分であろう。つまり啄木の脳裏には大森浜だけが残っているのであって、旅行先で見た海や浜辺は、たとい白浜であったとしても、彼の印象には残っていないということであろう。まあこの歌には解釈上の問題は多いが、その背景ということになれば、大森浜以外の場所は考えられないのである。三陸海岸は確かに啄木が足跡をのこしているから、「東海歌」について原風景を言える立場にはあるが、私がこれまで延べてきた理由によって原風景にはなり得ない、と言うのが私の結論である。

注・(1) 大船渡線は、大正十四年七月に摺沢までが開通、汽仙沼は昭和四年七月、之が

大船渡までの開通は昭和九年九月である。（釜石市誌）

注・（2）三陸鉄道は、第三セクター会社三陸鉄道南リアス線として昭和五十九年四月一日に開業した。（釜石駅長菊地弘充）

「不愉快な事件」についての私解

この事件は周知のごとく、啄木の妻節子夫人にかかわる晩節問題である。これまで諸家によって論じられてはいるが、私はまだ納得いく解説を目にしていない。宮崎郁雨が旭川七師団の演習地、美瑛から節子夫人に出した手紙が事の発端になった。で、この手紙についての証言者は啄木の妹光子夫人とその夫、三浦精一牧師、それに、晩年の友人、丸谷喜市氏と、郁雨の友人阿部たつを（龍夫）氏の四名である。

この場合、光子夫妻や丸谷氏の証言を重視する者と、阿部氏の証言を採用する者に分かれるように思う。

まずこれらの証言から必要な部分を抽出してその疑問点を指摘しておきたい。

一、光子夫妻の証言

本件が最初に世に出たのは、九州日日新聞に光子夫人が「兄啄木のことども」という表題で大正十三年四月十日から十三日にかけて連載した最終回の「最後の傷手」という文章が問題になった記事である。

「夫れは啄木の愛妻節子さんの反逆です。十三年の長い間、私は沈黙してゐました。けれ共之は余りに苦しい沈黙でした。私はもう沈黙が出来ません。大いなる悲しみと大いなる憤りとが込みあげて参ります。」「或時啄木は一通の手紙を手にしました。夫れは彼の妻へ宛たXI地のさる親友の手紙です。」「妻が留守であつたために、封を切つてみたのです。中から出て来たのは若干円の小為替証書と巻紙にしたためた手紙でありました。嗚呼啄木はその手紙を読まねばよかつた。」「すべてのことがわかつたのです。妻は他に愛人を有してゐました。」「暫くして節子を呼べと言ひました。」「腐つた金汚れた為替　罵しり乍ら手紙と為替を嫂に投げつくる啄木。」と述べられている。

この記事は手紙の内容に具体性がないことと、熊本という九州地方の新聞での発表だったことでもあり、それほど注意をひかれなかったようだが、光子夫人の夫、三浦精一牧師が昭和二十二年四月十三日、丸亀市での座談会「啄木を語る」で述べた内容が全国紙である「毎日新聞」に掲載され、その内容はかなり衝撃的なものであったことから世の注目を集めた。

「この不愉快なことは啄木の妻節子の貞操問題です。節子は啄木の妻でありながら、実は愛人があり、しかもただならぬ関係にまで入っていた。」という。だが精一牧師は啄木と全く接触がなかったから、こうした発言は光子夫人から得たものに違いない。

その翌年（昭和二十三年四月）光子夫人は「悲しき兄啄木」という著書を発刊し、事件当時の模様をかなり具体的に述べている。

「その不愉快な事件といふのは九月十日頃の或る日の出来事なのです。いつも私が門の箱から取つて来て兄に渡す郵便物を、その日に限つて姪のいねがとつて来て『叔父さん、手紙』と、その二三日熱があつて床についてゐた兄に直接渡したのでした。丁度節子さんは留守、私はお勝手にゐる時でした。突然、兄が甲高い声で私を呼びたてるではありませんか。何事かと、驚いて行つて見ると、『怪しからぬ手紙が来た』とどなりながら、手紙の中から為替をとりだし、滅茶苦茶に破いてゐる処でした。それは『美瑛（びえい）の野より』と、ただそれだけ書かれた匿名の手紙でした。」

「兄は節子さん宛に来たその手紙を、極く軽い気持ちで何の気なしに開封したのでせう。（中略）手紙の文句を見てゆくと『貴女ひとりの写真を撮つて送つてくれ云々』といつたことが書いてあつたといふのです。そのほかにどんなことが書いてあつたか、私に知らせるどころの見幕ではありません。全くそばにも近よれぬ怒り方なのです。やがて何も知らずに節子さんが帰つてくると、枕下に呼びつけて、いきなりその手紙を突きつけて、『それで何か、お前ひとりの写真を写す気か』と、声をふるはしてかみつくやうに怒り出し、『今日かぎり離縁するから薬瓶を持つて盛岡に帰れ、京子は連れて行かんでもよい。一人でかへれ』と言い渡したとある。そして(中略)「節子さんは泣いてあやまつただけでなくその日の夕方ほんの少しの間見えないなと思つたら、御不浄の中で髪の毛を切つてゐました。普通に髪の結へないいくらゐ短く切つたのでわたしが『そんなことはしなくつてもよかつたのに』といふと、節子さんは『いいえ、私決心した証拠にかうしたの』(中略)といひますので、私も『私が手紙を取りに行つてゐたら、こんなことにはならなかつたのにねえ』と、慰めたのでした。」これまで引用した光子夫人の証言について、私が疑問に思う点を次に述べてみたい。

ア．「今日かぎり離縁するから薬瓶を持って盛岡へ帰れ」と啄木が言ったとあるが、そのようなことを彼が言うわけはない。彼女の実家はこの年六月、函館に移転していることを彼が忘れるはずはないからである。しかし光子夫人はその事実を知らなかったのだ。

イ．「貴女ひとりの写真を撮って送ってくれ」と言うのも信じがたい。郁雨は当時、旭川第七師団の演習に砲兵将校として責任ある立場で参加していた。御前講演をしたほどの模範的な軍人である真面目な彼が、人妻に恋文などを演習地から出すような心的余裕や器用さなどを持ち合わせていたとは思えない。しかも、そのような手紙が啄木の目に触れないという保証はないのである。したがってその手紙の文面が恋文などであるはずはない。

ウ．「御不浄の中で髪の毛を切っていた」というのも疑問がある。たとえ郁雨が何を書いてきたにしろそれは彼が勝手にしたことであり夫人がなにも髪まで切る必要はないと思うからである。しかし髪を切ったとすれば、それは彼女に直接関係がある場合であろう。

エ．「帰校する九月十四日にはもういつもの仲のよい夫婦になつておりました」と光子夫人は述べているが、貞操を疑われるような問題で、夫の怒りが尋常でないような夫婦の間で、はたして三、四日間で、いつもの仲のよい夫婦に戻れるものだろうか、はなはだ疑問である。また光子夫人の証言は単に啄木がそう言ったということを述べているのだか、実際には全文を読んでいるのではないかと思われる。そのほうが後述する理由の上で都合がいいからである。

オ．そして私が重視する点は、光子夫人が後年あれほどの怒りを紙面にぶつけているにもかかわらず、事件当時の記述に全く怒りの感情が見られず、むしろ慰めているのはなぜなのか、この疑問については後で触れることとする。

カ．また姪いねの証言だとして光子夫人はつぎのように述べている。「節子さんが帯の間にはさんでいた宮崎さんの写真をおとして、それを叔父さんにみつけられ、お前はまだそんな気持ちでいるのかと、（中略）はげしく叔父さんが怒った」とあるが、これも信じがたい話である。手紙のときでさえ、髪まで切って詫びた彼女が、月日もたたぬあいだに再びそのような失態を犯すものかどうか、常識では考えられない。堀合了輔氏によると、節子夫人が落としたという写真について、いねさんに、「郁雨の写真は軍服か和服かと尋ねたところ、洋服であったとの知らせがきた。」これに対して氏は、「郁雨の洋服姿を見たことがなかったし、普段もほとんど和服か軍服であった。」（啄木の妻節子）この一件からしても、作意が濃厚であるといわねばならない。

二、丸谷喜市氏の証言

氏の証言はもともと阿部たつを氏（医師、啄木研究者）の質問状に対して「覚書」というかたちで回答されたものである。当時、東京高商専攻部の学生であった氏はよく啄木を訪問していた。そうした九月中旬に彼を訪ねた時のことである。

「啄木が『ちょっと一緒に来てくれないか』と言ふので、ついて行ったが、はひったのは近くの蕎麦屋であった。腰かけると彼は、『これは君だけに話すのだから、そのつもりで聞いてくれ給へ』と言って一通の封書を私の前に置いた。見ると、それは啄木の夫人、節子さんに宛てたもので、封筒の裏側には「美瑛の野より」とあり、次行に字数三字の未知の氏名が書いてあった（具体的に何といふ名前であったかは間もなくわすれてしまった。）だが其の美しく、特色ある筆跡よりして、筆者が宮崎郁雨であることは私には一見して明らかであった。『一体これはどう言ふことなんだ』『一両日前のことだが、節子が僕に隠して、手紙か何かを懐にしてゐる様子に気がついたので、強く詰問すると『宮崎さんが私と一緒に死にたいなど』と云って、取り出したのが之なんだ』。これで問題の核心がわかったので、これ以上に手紙を読む必要はないと、私は思った。ひとつには、よその他人の手紙は成るべく読まないと言ふことが、私の方針であったからである」（中略）と、丸谷氏は述べ、この問題を解決させるべく郁雨に書簡を送った。その要旨は、「美瑛より石川夫人への貴状を啄木から示された。夫人に対する君のこころ及び君の在りかたはプラトニックなものと思ふが、それにしても、このまま石川家との交際乃至文通を続けることは、結局、啄木夫妻の生活を危機に陥らしめる虞があるから、今后、夫人及び同家との交際ないし文通は止めて欲しいと言ふことである。」

これにたいして郁雨からは「フミミタ、キミノゲンニフクス」という返電があり、これまで続いた物心両面の支援は以後完全に絶たれたのである。この証言にもかなりの疑問点がある。

ア．光子夫人は、いねが手紙を取って啄木に渡したように述べているが、丸谷氏によれば、節子夫人が懐に隠していたとある。これは同じ手紙のはずだ。どちらかが嘘を言っていることになりはしないか。この場合夫人宛ての手紙を無断で開封したという負い目があることから、啄木のほうに作意があったと私は思う。

イ．「宮崎さんが私と一緒に死にたい」と書いてあったように啄木が話したというが、この言葉も信じがたい。郁雨は当時結婚してまだ二年にしかならず、前年には子供も誕生している。しかも演習地から人妻にそのような内容の手紙を出すような心境にあるはずのないことは前にも述べた。その点で言えば、節子夫人のほうには死への誘惑に取り付かれる環境は充分にあった。この件についても後で触れたい。

ウ．丸谷氏は「他人の手紙は成るべく読まないと言ふことが、私の方針であった」と述べているが、阿部氏に「覚書」を送った約一年後、「大阪啄木の会」が発行する機関紙「あしあと」に、一部を変更して「覚書」を発表された。阿部氏には手紙は読まなかったとしながら、なぜか「あしあと」へは、「私はざっと愚目するに止めた。」と、訂正しているのである。

愚目というのはざっとであったとしても一応目を通したということであろう。なぜ阿部氏には読まなかったと回答して、「あしあと」には見たと発表したのであろうか、はなはだ疑問である。私はこの件について次のように推測するのである。

光子夫人は昭和三十九年十月「兄啄木の思い出」を出版したが、その際丸谷氏は同書に「啄木と私」という文章を掲載している。光子夫人とのそうした関係から、氏は同書についての批判はできないという想いがあったと考えられる。

で氏は郁雨の手紙を読んだのはまず確実であろうと私は判断している。なぜならば本当に読まなかったのなら「あしあと」にも読まなかったと述べるはずである。それを愚目すると変更した理由は「あしあと」に発表した時期にあったと思う。「覚書」を阿部氏に回答したのは昭和四十三年五月六日で、「あしあと」には翌年四月十三日である。その間に変更を可能にする事態が発生した。それは、阿部氏に回答した五ヶ月後の十月二十一日に光子夫人が逝去したからである。阿部氏に読んだと回答した場合、「写真を写して送れ」というようなことが実際に書かれていたかどうかに疑問を持つ阿部氏だから、そうした質問のくることが予想されることから、光子夫人の生存中は避けたいといった判断から、読まなかったと回答したと思う。「あしあと」の発表時にはすでに、郁雨も三十七年三月に死亡し、当時の関係者は皆無となり、迷惑する者もなくなったことから、愚読という記述になったものと私は考えるのである。光子夫人も、丸谷氏も匿名の手紙だったとしているが、丸谷氏は筆跡を見ただけですぐ郁雨の字であることがわかったと言っているが、それは啄木夫妻にしても同様であろう。ならば、匿名にする必要は全くないのである。郁雨は匿名を否定しているが当然であろう。

これまで述べた三者の証言にはかなりの疑問点があり、私は素直に納得することはできなかった。それでは最後に当事者である宮崎郁雨が語ったという阿部氏の証言を見よう。

三、阿部龍夫氏の証言（新編啄木と郁雨）

「その頃夜営演習で、七週間ばかり召集されて、美瑛の野に行って居て、そこから節子さんに手紙を出したことはあるが、それは節子さんから、病気が悪いと云って来たのに対する返事である。」（中略）「病気がよくなければ、一日も早く実家の堀合へ帰って静養するのが一番だ。とすすめてやったのであった。写真を送れなどと云ってやったことはない。」と明確に述べている。

ここで私が重視する点は、郁雨が節子夫人に出した手紙というのは、彼女が出した手紙の返事だということである。郁雨の手紙が返信だったということを念頭におけば、この事件も円滑に説明できるように思われる。

「写真を写して送れ」の件も否定しているが、もし必要であれば、彼の夫人に啄木夫人の妹であるから、なにも郁雨が直接依頼しなくとも、夫人に頼めば入手可能な話である。

では、「宮崎さんがわたしと一緒に死にたい」と啄木が言ったように丸谷氏は証言しているが、私は逆の話ではないかと思う。前記したように、当時の郁雨は死とは無縁の状況にあったが、節子夫人の環境は最悪であった。母はすでに末期の結核、啄木も結核性の腹膜炎に肋膜炎を併発して発熱を繰り返し、寝たり起きたりの生活、彼女自身も感染して通院するといった有様で、経済的にも困窮の状況が続いた。啄木の愛情と、非凡な文才を頼りに、あらゆる苦難に耐えてきた彼女も、いまではすでに啄木の再起は望めず、日々の生活にも疲れ果て、実家とは絶縁状態で文通さえも許されず、こうした悲惨な状況に置かれたとき、彼女でなくとも何かにすがりたくなるのは人情であろう。日頃のもんもんとした胸の内のはけ口を、兄とも慕う郁雨に求めたとしても、それはむしろ当然のことであって、非難されるべき話ではない。

郁雨、節子両者の当時の状況からすれば、節子夫人のほうに死の誘惑があったとみるのが自然であろう。したがって郁雨に対し「いっそのこと死んでしまいたい」というようなことが書かれていたことから、郁雨は危険を感じ、実家に帰って養生するように返事を出したものと考える。

一方、啄木にしてみれば、人の家にまで立ち入る郁雨に対し激怒したのもまた当然であった。彼を頼って手紙を出す妻も憎いが、頼りにされる郁雨にも嫉妬を感じたはずである。丸谷氏は啄木に同情した結果あのような表現になったのではないかと思う。節子夫人が髪の毛を切って詫びたという件にしても、郁雨の手紙が節子夫人の手紙に対する返事だった、という事実に留意しなければ、実態がみえてこない。郁雨がなにを書いてきたとしても、彼女に責任はないから、髪まで切って詫びる必要はないが、彼女が出した手紙の返事だということになると、責任はむしろ彼女のほうにある。したがって髪まで切って詫びたということは郁雨の手紙が返信であった証拠であろう。

四、諸家の諸説

この事件について触れている人はかなりあるが、一応事件の経過を記すに止まり、明確な解説を述べているものは案外少ないように思う。そのなかから少々抽出すると、

ア・「岩城之徳説」「貴女ひとりの写真をおくってくれ」というような表現があったとしても、それは写真によって啄木の妻の病状を知ろうとする堀合家の人々、あるいは宮崎夫妻の気持ちを伝えたとも解釈できる。（人物叢書、石川啄木）実際にこうした文句が書かれていたとすれば、一応納得できる解釈ではあるが、郁雨は写真の件を否定しているし、「写真がほしければ家内に貰わせることができる」とも言っているから、まずこうした要求はなかったであろう。

イ．「湯本喜作説」　光子の筆になるその手紙の内容は、事実に反する多分に虚構がある。郁雨が敬愛する義姉の身上を案じ、また堀合両親の心配も見かねて出した手紙に親愛の情がこもっていたことはうなずける。とし、彼女の著書は多分に悪意に満ちたものだとしている。（宮崎郁雨と節子夫人の晩節問題「石川啄木研究」創刊号）光子夫人の記述は虚構に満ちている、ということについてだけは同感できる。

ウ．「伊東圭一郎説」　私は宮崎君を信じて疑いません。そんな人ではないんですから。（人間啄木）その人間性から郁雨を前面的に支持している。

エ．「金田一京助説」　この不祥事を指摘して最後の苦杯を味わした令妹光子さんの度重なる冷徹なさいなみを悲しむとともに、熱湯を飲まされて、だまって飲み下して居られる郁雨氏の心境に感嘆の情を新たにするばかりである。（啄木末期の苦杯「金田一京助全集」十三巻）氏の文章は、ほとんど郁雨擁護に終始している。

オ．「天野仁説」　発端となった「美瑛の野より」の手紙と、丸谷博士の「覚書」で紹介しておられる手紙とは明らかに別のものである。

そこで考えられることは、光子さんが目撃した九月十日ごろの最初の事件で、啄木から離縁するとまで言われた節子が、すぐさまひそかに美瑛の野の主人公に、写真を送るどころではないその状況を書き、苦哀を訴えるはがきを出したのではないだろうか。（啄木の風景）管見によれば、光子夫人のいう手紙と、丸谷氏の手紙の相違から、手紙は二通であるとする説は天野氏だけのように思う。しかし当時の郵便事情からすれば、一週間ほどで東京、北海道を往復するのは不可能なのである。また、一通目でさえ啄木が激怒したのであるから、同じ愚を二度も繰り返すとは思えない。

カ・「沢地久枝説」　男くさい演習地に居て東京にいる義姉の身の上を思ったとき、郁雨は感傷に押し流されて手紙を書く可能性は充分ある。（石川節子）責任ある立場で演習に参加している郁雨が、そうした感傷に押し流されるといった余裕はないのである。いかにも女性らしい発想だと思う。

キ・「石井勉次郎説」　真相暴露に立ち上がった三浦光子の公表文書は、すべて中傷論として葬り去られ、長い間、「臭い物には蓋」の状態がつづいたが、石井論文（昭和四十一年）が誘い水となり、ついに丸谷喜市の覚書が発表され、「匿名の手紙」がたしかに存在したこと、しかもその内容が、ただならぬラブレターであったことが証明されて、ようやくこの問題に終止符が打たれた。（史伝石川啄木暗い淵）石井氏はこの問題について、かなりの頁を割いているが、阿部、郁雨両氏の糾弾に終始し、光子、丸谷両氏の記述を信じられているように思うが、私が指摘した疑問点についての明快な説明はなかった。したがって丸谷氏の「覚書」によってそう簡単に終止符は打たれないと思う。

五、結論としての私解

普通、感情というものは、事件当初に最も強く、年月の経過とともに次第に希薄になってゆくものである。そうした観点からこの事件を見るとき、光子夫人の記述には疑問を持たざるをえない。前にちょっと触れたが、事件当時の彼女の節子夫人に対する態度に、全く怒りといった感情は見られず、むしろ慰めているのである。啄木の死後、房州北条のコルバン夫妻のもとへ世話したのも光子夫人である。また、当時呉市にいた彼女に、節子夫人が啄木最後の状況をこまごまと報告した手紙で、「みつちやんは独身で、京子を世話してくださるなんて、そんな事しない方がいいのよ、お心はありがたいけれど。」とある。これは節子夫人が病身でしかもまもなく出産を控えていることから、義姉の身を案じてこのような申し出をしたと思う。こうした良好な関係が、怒りに一変したのは東京の寺に預けてあった啄木、母、長男真一の遺骨を函館に移してからのことである。光子夫人にしてみれば、自分になんの相談もなく、郁雨、節子両者がしめし合わせて遺骨を函館に持ち去ったという強い不満を持っていた。しかし遺骨については、当時室蘭の山本家に奇遇していた当主一禎和尚に節子夫人の父を通じて、遺骨の処置について相談した結果、「そちらで適当に処置するように」という返事をもらっているのであって、郁雨、節子両人にはなんの落ち度もないのである。したがって光子夫人から不満や怒りをぶつけられる理由はなく、もしあるとすれば、父一禎和尚にむけられるべきものであろう。

だがまだ墓といっても棒杭一本が建てられたというほどのものだったが、大正十年に至り墓碑建設の本格的な運動が開始され、同年七月「大函館」に岡田哲朗氏による設計図が発表された。また一方資金集めの動きもでた。光子夫人にとっては最悪の状況となりつつあった。彼女にしてみれば怒り心頭に達したであろう。こうした事態を招いたのも、もとを正せば郁雨、節子両者に原因があるという思いから、それまで良好だったこの二人との関係は最悪のものとなった。光子夫人は、「兄の遺骨を（中略）あんなに嫌がった北海道の海辺におくことは、個人の意思を無視したいたずらにすぎないと思う。思いを一度ここに走らすとき、私の胸はにえくりかえるような憤りと悲しみを覚える。」（兄啄木の思い出）彼女が大正十三年に初めて胸の内の怒りを発表したのは、恒久的な墓碑建設の計画が進行中の時期だったことと無関係とは思えない。

これだけの怒りは、十三年前の「不愉快な事件」とは無関係だと考えるほうが自然であろう。なぜならば、啄木にとっては重大な問題だったとしても、光子夫人に直接の関わりはない問題だからである。十三年も経過した時点で「にえくりかえるような怒り」を持ちつづけられるような事件ではないのである。

郁雨、節子両者が互いに好感を持ち合っていたことは確かだと思うが、不純な関係などは論外で、光子夫人は、遺骨を函館に運び墓碑建設まで計画したこの二人に、報復する意味で「晩節問題」を提起したものと私は考えるのである。だから、郁雨からの手紙というのは、彼が言うように節子夫人からの手紙にたいする返事だったとすれば、納得できるし、内容についても、「病気がよくなければ一日も早く実家の堀合へ帰って養生するのが一番だ」と書いたというが、「病気がよくなければ」という文句は節子夫人の手紙に「病気が悪い」と書かれていたからで、これは彼女の手紙に対する返事だという反証になると思う。

郁雨が、「私と一緒に死にたい」と丸谷氏の「覚書」にあるが、前記したように私は「死にたい」と書いたのは節子夫人のほうで、反対の話であろうと考える。これまで述べたことを要約すると次のようになる。

啄木は、郁雨の手紙に、「病気が悪ければ一日も早く堀合の実家へ帰って養生するのが一番だ。」とある文面に、「人の家の中にまで干渉する」と、彼は丸谷氏に話しているから、彼の自尊心が許さなかったものと思う。また自分の妻が他の男を頼って「死にたい」などと書かれたのでは、彼の面目丸つぶれで、激怒したのも当然であっただろう。夫人は髪を切って実家には帰らぬと誓ったことから、啄木も安堵し、三、四日でいつもの仲のいい夫婦にもどったということであろう。これがもし、不貞を犯したというようなことであれば、簡単にかたづく問題ではない。

一方、光子夫人の事件当時の節子夫人との関係が良好であったことをみても、この事件にあれほどの怒りを抱くはずはない。ならば彼女の怒りはこの事件とは無関係であることがわかる。大正十三年に晩節問題を発表したのは、遺骨と墓碑建設にあったことは明瞭である。晩節問題は、郁雨、節子両人に対する彼女のせめてもの復讐とみることができる。

したがって、事件当時の彼女が述べている記述には多分に虚構があり、そのまま信用すると判断を誤ることになると思う。また、丸谷氏の記述も光子夫人の記述を意識し、夫人寄りの記述になっているように思う。

やはり当事者である郁雨の談話が正確であり、阿部説を採用してこの問題を考察するのが円滑な解釈を引き出せると考える。もともと晩節問題などは存在しなかったのである。ただ郁雨にとって残念に思うことは、当時の啄木一家を思うとき、病人ばかりの家庭から、節子夫人に「実家へ帰るのが一番だ」などとそそのかすような返事を出すのは、彼ら一家の現状を念頭におかぬ発言であり、啄木との関係で唯一の汚点を残したと思う。最後に郁雨の歌が、彼の心境と、この事件の本質をよく表していると考えるので、二首を記してこの稿を終えたいと思う。

戯作者は憎しめでたし我ならぬ我を描きて世に踊らすも

創作として見れば多少の興味ありしかく観じて読みすごし居り

「あこがれ」の発刊について—小田島尚三の評価

啄木が処女詩集発刊を目的として上京したのは弱冠十九歳の明治三十七年十月三十一日のことであったが、その時すべての準備が整っていたわけではない。出版社も決まっていなければ、資金の準備さえ充分ではなかった。とにかく上京さえすれば何とかなるだろう、といった安易な考えだったと思う。この時の東京生活も不明な点が多いのだが、その中で、福場幸一[1]の書簡文がその一端を明らかにしている。啄木は短期間で、下宿をあれこれ移り住んでいるが、牛込区砂土原町の下宿で福場とふすまを隔てて隣同志となって関係が出来た。

この書簡にある啄木研究者からの質問に返信として書かれたものである。「啄木氏は当時十九歳、眉目清秀、貴公子然たる上品な人に有之。しかもよほど貧乏詩人にて、持ち物など見当たらず、『言海』一部と原稿用紙くらいなものと思はれ候。」「同宿中『落櫛』が出来たときは、『福場君』と同氏の室に小生を呼び寄せ、こんなものができたから聞いてくれと、自から立ちて、『磯回の夕のさまよひに』『砂に落ちたる牡蠣の殻』といふ時には、かがんで牡蠣の殼を拾ふ風をし、『拾ふて聞けば』でそれを耳にあてるなど、その一篇を終るまで口ずさみ、八畳の室を幾回かまはられ候。」

「落櫛」という詩は、明治三十八年二月十八日の作であるから、彼が上京して約四ヶ月ほど経過した夜の一齣だが、啄木の姿態が目に浮ぶようで、なかなか興味深い記述である。彼は上京してからも作詩を続けていたことがわかる。さらにもう少し必要な部分を引くと、「終始貧乏で、下宿代が払えず、主人から頻りに催促せられ、追放せられそうなので、小生が保証人となって一札差入れたことも有之候。時々在宅の時は、十銭、二十銭貸せといはれ、また鉄幹の処へ行くとか、有明の処へ行くとかで、電車賃を貸せとよく言われたもので、しかし返してもらった事は一度も無之候。」と述べている。こうした状況は啄木の生涯でしばしば見られるのであるが、それにしても彼の周囲には何時もいい友人がいたと思う。出版について白紙状態のまま上京した啄木の考えでは、まず有力なコネを獲得することにあっただろう。福場の証言にも、毎日のように有名な詩人を訪問している様子がわかる。だがこうした努力も遂に実を結ばず、出版についての収穫は全く獲られなかった。収入のないまま月日は容赦なく流れて行く、こうなっては超大物に頼むしかない。駄目でもともと、といったつもりだったとは思うが、面識もなければ紹介状さえ持たぬまま、尾崎行雄東京市長を訪問したのである。

その際彼は詩集「あこがれ」の扉に、「此書を尾崎行雄氏に献じ併て遥かに故郷の山河に捧ぐ」という献辞をしているが、これまでの文献では、彼が尾崎氏を尊敬していたからだ、という記述を多く目にしているが、尊敬していたのは事実だとしても、私にはなにか唐突な感じがしてならない。というのも、面識もなければ、交際したこともない相手にわざわざ献辞することもあるまい、と思うからである。後に出版された歌集「一握の砂」では、宮崎郁雨と金田一京助の両氏に献辞しているが、この両名は共に、啄木の人生にとって、最も重要な友人であり恩人であったから、啄木が献辞したのはむしろ当然のことであった。こうした点から見て、前者の場合は何か不自然な氣がするのである。私の推測では、尾崎市長を訪問して出版社の紹介を頼むにあたり、彼の名前を入れ、献辞することによって、相手の氣を引き、啄木への親近感を持たせることで、好意的な状況を引き出せるのではないか、といった計算があったのではないか、こう考えると献辞した意味も理解できるように思う。啄木が訪問した時の様子を後に尾崎市長は次のように述べている。「取次ぎの者を通じて渡された名刺は確『石川一』とあるだけ、住所も肩書きもなかったと思います。ドアを排して来たのは、まだこんな子供です。」「私の印象としては『青白い栄養不良少年』ですね。『御用は』と尋ねると、（中略）テーブルのうえへ風呂敷をひろげ、中から大分厚い原稿を取り出し、これを世に問うて見たいと思うが、どこか出版屋に先生から紹介して戴きたいといふ。」「一体勉強盛りの若い者が、そんなものにばかり熱中しているのはよろしくない。詩歌などは男子一生の仕事ではあるまい。もつと実用になることを勉強したがよかろう。といふ様な事をいつて叱つた。」（啄木の嘲笑）こうして最後の頼みもむなしい結果に終ったのである。当初啄木が考えていた著名詩人の紹介による出版も、尾崎市長の面接も全てが失敗に終わり、流石の彼もかなりの危機感を持ったと思う。そんな時、ふと頭に浮んだのが同級生（高等小学校）だった小田島真平であった。彼の兄がたしか出版社に勤務していたという記憶を頼りに真平に連絡してみることにした。これまでの文献では、啄木は前もって出版社大学堂に勤務する小田島の長兄、嘉兵衛への紹介状を持って上京したように述べているが、その事実はないと思う。もしそうだとすれば、最初に長兄を訪問していたはずである。四ヶ月も詩人の間を巡ったり、尾崎市長に面会したりする必要はなかったのだ、万策尽きて最後に真平に相談しているのである。

真平は啄木の要求を入れ、早速次兄の小田島尚三へ「啄木が詩集出版について相談してきているが、できれば協力してやってほしい。」といった意味の連絡をとったように思う。私が小田島家の遺族へ照会したところでは、当時長兄の嘉兵衛は事情があって、実家とは絶縁していたとのことで、真平は次兄の尚三に連絡をとったという。兄弟同士の連絡はあったようで、出版についての知識のない尚三は、長兄嘉兵衛に相談した結果、「啄木の現時点での評価では出版は無理だが資金を出すのならば出来ないこともない。ついては、一度本人に会ってみたら、」という意見であった。尚三は嘉兵衛の判断に従って啄木の下宿を訪問した。「少しほら吹きだという感じを受けたけれども、唯眼がとても澄んでいて美しいので、詩人とはこういうものかと思った。真平が『文学的才能のある人だ』と推薦したが、結局私も啄木に魅せられてしまったわけでしょう。」（人間啄木）尚三は当時、日本橋区青物町の八十九銀行に勤務していたが、日露戦争の最中であり、この年四月には召集されて入隊する予定になっていた。戦地に行けば、もとより生死のわからぬ身であるから、真平が推薦する啄木のために、これまで蓄えてきた二百円の貯金を提供して「あこがれ」を出版することにしたのである。これ偏に小田島三兄弟の全面的な協力によることは明らかであるが、これまで私の視界に入った文献では、文章の中で、「小田島三兄弟の協力によって」と、この三人を簡単にくくって書かれているが、これら三兄弟の「あこがれ」発刊についての貢献度は同一ではない。真平から尚三へそして嘉兵衛へという流れの中で、もしこの時、尚三が資金を提供する意思がなかったとしたら、まず確実に「あこがれ」は当時世に出なかったのである。したがって詩集出版の成否は尚三の意向にかかっていたことは間違いない。この点を考えると、尚三は啄木にとって、かなり重要な位置をしめている人物であったということに異論はないと思う。

詩集出版といっても言うほど簡単な話ではない。かなりの大金を必要とする。それはほとんど啄木が函館で勤務した弥生小学校での年収に相当する金額なのである。宮崎郁雨は啄木の生涯にとって、経済的支援者として重要な位置を占める友人であったが、所謂「借金メモ」によると、その金額は百五十円となっているが、これは蓋平館を出る明治四十二年四月頃に書かれたものだから、それ以降死亡する四十五年四月までの約三年間の負債は入っていない。私の調べたこの間の負債は百十円あるから、これを加算すると二百六十円となる。この金額は数字が表に出ているものだけだが、他に金額の出ていない支援もかなりあり、私の推測では、三百円以上になることはまず確実であろう。

一方、尚三が「あこがれ」出版に提供した金額は、おそらく百五十円から二百円位だと思うが、啄木の生涯でこれほどの資金援助をした人物は、郁雨をのぞけば小田島尚三以外にはいないのである。私の言いたいことは、詩集「あこがれ」を啄木のために世に出した、小田島尚三の評価が少々低いのではないか、ということである。というのも、例えば、啄木に関する辞典などは、種々の啄木関連の事項を収録しているわけだが、その中で、人名の登載者というのは、啄木との関係上比重の重い人達だと思うが、そうした点で、司代隆三編「石川啄木事典」を見ると、小田島孤舟の名前はあるが、同じ小田島でも尚三の名前は登載されていないのである。近年出版された国際啄木学会編「石川啄木事典」でも前者同様に小田島弧舟の名はあっても尚三の名前はないのである。この事実は啄木との関係で、個人名まで収録するに値しないという評価なのであろうか。つまり弧舟よりも尚三の評価が低いということになろう。ならば弧舟は啄木との関係でそれほど重要な人物であったかどうかを検討してみたい。

前記、学会編「石川啄木事典」で啄木との関連部分だけを引いて見ると、「小天地社に啄木を訪ね交際が始まる。啄木の小天地社時代を知る貴重な存在である。」といっても、弧舟がまだ盛岡師範学校に在学していた頃、友人と二度ほど遊びに行った程度のことである。貴重な存在ということならば、大信田落花の方がよほど貴重であろう。彼は啄木と共に「小天地」を発刊したからである。弧舟は一応歌人であるが、啄木から見れば短歌上の弟子に過ぎない。啄木が弧舟に送った書簡が七通ほど残っているが、どの文面も短歌の指導的内容になっている。「囚はれたる空想より一歩脱却して初めて真の歌出づべし、も少しなり」(明治四十一年六月二十九日)とか「幼稚なる叙景とか、叙事の歌に趣味を有するうちは駄目なり」(同・七月日付不祥)また「今一度か二度、お作を拝見したる上にて新詩社に推薦いたし度く存じ候」(同・七月十八日)こうした文面からみても、啄木にとってそう重要な人物とは思えないが、弧舟が後に短歌誌を発刊した際、彼の要請に応じ、啄木は歌三十九首ほどを送っているのが啄木にとって唯一のメリットであったと言えるくらいで他にはない。そうした人物でも個人名が事典に登載されるのであれば、啄木のために大金を提供して詩集「あこがれ」一巻を世に出してやった小田島尚三も当然登載されてしかるべきものと考える。啄木に対する貢献度からみて尚三が除外されていることは不当であると思うのである。

最後に「あこがれ」の「紙型」(3)について記しておきたい。昭和十一年四月一日から数回にわたり「岩手日報」に掲載された松本生(筆者注・松本政治)の「啄木新発見一二三」という文章の第一回に「あこがれ」の紙型について述べられている。必要な部分だけ

を引くと、『あこがれ』を刊行して世に問うた書店が当時東京に出ていた小田島尚三氏の小田島書房だ。（略）詩集『あこがれ』の紙型を三十二年後の今日まで立派に保存していることが今回明らかにされた。（略）紙型はその時のもので、東京秀英社で作ったので未だちゃんとしているが、一部は明治四十三年の中津川の洪水で水浸しとなったが、残り七十枚余が大阪の柳屋画廊に買い取られた。しかしその後売りに出され誰が買い取ったかは不明である。（川並秀雄・石川啄木新研究）という。私は尚三氏のご子息である小田島雅三氏（故人）から紙型の写真を一枚贈られたが、この写真は「あこがれ」の目次を撮影したもので、昭和五十

年代に写されているから、現在も原本はどこかに保存されていることは間違いない。

注・(1) 福場幸一は明治十三年広島県双三郡吉舎四八八番地に生まれで、啄木より六歳の年長であった。教員受験資格取得のために上京し、歴史、地理伝習所に入学した。同所終了後明治三十七年十一月砂土原町の下宿で啄木と同宿になったのである。翌年九月帰郷、私立日彰館中学校女子部の教員を拝命した。後に同校校長となり、最後に同館館長を務め、昭和二十四年一月退職した。昭和二十七年以降各地で啄木について講演をし、昭和三十一年七十七歳で病没した。

注・(2) 尚三が「あこがれ」に出資した金額は、二百円、二百五十円、三百円という三種類の説がある。左に文献を示すと、

二百円。斎藤三郎「啄木と故郷人」

　川並秀雄「石川啄木新研究」

二百五十円。昆豊「警世詩人石川啄木」

三百円。岩城之得「石川啄木」

　伊東圭一郎「人間啄木」

この中で、岩城之徳著「石川啄木伝」では、前記松本生の記事を引き、二百円と書かれているが、以後の著書ではどれも三百円となっている。なぜ増額したのか、その理由は不明である。私が二百円を採用したのは、松本生の文献が最も古いものなので、

小田島尚三の記憶が性格だっただろうと思ったからである。

注・(3)「紙型」(しけい)は印刷用語であるが、辞書によると、「活版印刷で鉛版を鋳造するために特殊な紙を組版に当て、押圧して型を取り、乾燥させた堅紙製の鋳型、これに鉛合金をとかして鋳込み、印刷用の鉛版を作る。(広辞苑)

(写真は目次部分の紙型)

詩への転換とその前後

啄木が中学卒業を目前にして、五年生の半ばに退学し、数日後には早くも上京して行ったのは、明治三十五年十月三十一日のことであった。この月から以後、途中ときに中断はあったが日記を書く習慣が出来たようである。

「かくて我が進路は開きぬ。かくして我は希望の影を探らむとす。記憶すべき門出よ。雲は高くして巌峯の嶺に浮び秋装悲みをこめて故郷の山水歩々にして相へだたる。ああこの離別の情、浮雲ねがはくは天日をおおふ勿れよ。」

こうした美文を残し、友人や恋人節子に見送られて盛岡を発った。少年啄木の夢はふくらんでいたと思うが、実社会というのは彼にとってそう甘いものではなかった。翻訳で収入を得ようといった考えがあったと思うが、中学中退の少年を相手にしてくれる出版社などがあろうはずもない。収入がないのだから、持参した金と、姉の嫁いだ山本家からのなにがしかの送金が尽きれば、路頭に迷う状況に落ちるのは目にみえていた。案の定、ひと月と二十日ほど経った十二月十九日の日記には、「日記の筆を絶つこと茲に十六日、その間殆んど回顧の涙と俗事の繁忙とにてすぐしたり。」以後この年の日記は書かれていない。東京市中を放浪したり、友人の部屋に厄介になったりしてとにかく翌年二月まで何とか持ちこたえたのだが、心身の衰弱は明らかであった。さすがの啄木もこうなっては両親に救援を仰ぐしかなく、実情を伝える書簡を送った。上京したまま様子のわからなかった家族はその文面に驚き、父はすぐさま上京し、二月二十六日啄木を連れて帰郷した。文学で身をたてる、といった少年の無謀な決意も無残な結果を残しただけで、在京僅か四ヶ月で敗北に終わったのである。

だが啄木にとってこの上京が全く無駄だったわけではない。唯一の収穫は「新詩社」の集会に始めて出席して、与謝野鉄幹を筆頭に他の社友とも接することが出来たことである。その中には、岩野泡鳴、前田林外、相馬御風、北村砕雨といった著名人も出席していた。少年啄木にしてみれば、一流の文学者と同席できたことで、感激したであろうし、これで文壇の末席に取り付いたくらいの感想を持ったかも知れない。この集会の翌日、啄木は単身鉄幹宅を訪問した。鉄幹との面談で、「君の歌は奔放にすぐ」との批評を受けた。また、「和歌も一詩形には相違なけれども今後の詩人はよろしく新体詩上の新開拓をなさざるべからずと。」こうした助言も与えている。

　心身の衰弱から病人同様の姿で帰郷した啄木であったから、先ず病気の快復をはかるのが先決である。村の瀬川医院に通い薬餌に親しむ日々を過ごしていたが、その往復は適当な運動にもなり、気がむけば小学校に立ち寄ってオルガンなどを奏でたという。こうした彼を村人は、「お寺のぶらり提燈が帰ってきている」と冷たい目でみる者も少なくなかったともいう。身体さえ快復すれば文学への意欲も戻ってくるはずである。こうした日を重ね、敗残者の汚名を挽回する日の訪れたのは三ヶ月ほど過ぎた頃であった。かねてから関心のあったワグネルの論文に着手したのである。「ワグネルの思想」と題し、明治三十六年五月三十一日から六月十日まで七回序論を発表したが以後中断した。その理由を「少年啄木の力が尽きた」と見る評者もあるが、啄木自身は「病のため筆を断った。」（日記）という。やはりしばらく文筆から遠ざかっていたから疲れが出たのであろう。だがこの論文の一回目「小序」の最後に（付記）「読者の便を図りて今予め余が論及の次序を左に掲ぐ」として今後の展開を提示している。第一章から第八章まで各章の内容を示し、最後に（附）とし、ワグネルの略伝まで添えるというなかなか壮大な計画であった。だが中断はしたものの、全く断念したわけではなかった。彼は細越夏村への七月二十七日の書簡で、「今は左に生のワグネル研究に資せし書目を挙げて」と云い、参考書（洋書）四冊を記し、「生は秋中にはまとまつたもの書きたしと思ふて居る。」と述べていることからも、体調がよくなれば書くつもりでいたことがわかる。だが結局この論文は完成することはなかった。そうした結果に終わったのも、これまで熱心に続けてきた短歌から突然詩へ転換したことが原因になっていると私は考えるのである。

啄木は短歌ばかりでなく詩にも強い関心を持っていたから、いつ詩へ転換したとしても別段不思議ではなかった。これまで内外の詩集に親しんでいたし、「明星」でも社友の詩を目にしていた。しかも彼は、中学五年（十七歳）の時、蒲原有明の詩集「草わかば」についての評論を「岩手日報」に発表している。この文章をみるかぎり、到底少年の筆とは思えない、大人と対等の立場で書いているのだ。例えば、「新体詩新創以来有数の作である。」とか「着眼面白し、結末の一聯出色の文字」また「有明子に対する希望は二つある。と云ふのは、用語を選択して文学上の晦渋をさけることと、一つは構想取材の範囲を拡張して貰ひたい事である。」と言う。時の著名な詩人に対して、こうした発言が出来るということはすでに詩に対して明確な基準なり自分なりの考えを持っていたということであろう。こうした状況から彼は、詩に対する知識と関心は短歌同様の水かった。

準にあったことは確かである。だがこの頃はまだ作歌を続けていて作詩をした形跡はな

しかし彼はこの年十一月の初旬から突如として作詩に入ったのである。その動機につ いては、従来与謝野鉄幹の指示で転換したという「鉄幹説」が有力であった。それは「其頃の啄木君の歌は大して面白いもので無かつた。それで私は他の友人にも云ふやうに思ひ切つた忠告を書いた。「君の歌は何の創新も無い。失礼ながら歌を止めて、外の詩体を択ばれるがよからう。さうしたら君自身の新しい世界が開けるかも知れない。自分は此事を君におすすめする。」という意味の手紙を盛岡へ送つたのであった。」（啄木君の思い出）というものである。しかしこの説にも矛盾がある。

鉄幹は「明星」の明治三十六年十二月号の合評会で、啄木の歌八首のうち、「六首を私の好きな歌」だとし、その中の「二首は傑作だ」と推奨している。またその前の八月号では、「完作ではないがこの思想が面白い。」とも云う。啄木の歌が初めて「明星」に一首掲載されたのは、前年の明治三十五年の十月であった。以後号を重ねるごとに採用される歌数も増加してゆき、翌年の十一月には「新詩社」の同人に推挙されているのである。この間、ただの一年でしかない。この事実は啄木の実績と才能を認めたからに相

違ない。ならば啄木が歌を捨てて他の詩体を選ばなければならない状況では全くないのである。したがって鉄幹説には説得力はない。鉄幹のこの文章は、昭和三年発刊の改造社版「石川啄木全集」の月報に書かれたものである。私の推測では、啄木の死後その名声や知名度は上昇の一途をたどった。啄木の指導的立場にあった鉄幹としては、短歌から詩に転換させたのは自分だと言いたかったのではないかと思う。

啄木が上京して最初に与謝野家を訪問した際に、鉄幹は「和歌も一詩形には相違なけれども今後の詩人はよろしく新体詩上の新開拓をなさざるべからず。」という談話のあったことは前にも述べた。この詩についての鉄幹の発言が誘因になって啄木が短歌から詩に転換したという研究者もあるが、もしそれが事実であれば、その翌月なり、二、三ヶ月後には作詩していなければならないと思うが、その後も毎月「明星」に歌だけを発表しているから、この談話は転換の動機にはなっていない。啄木が初めて詩を発表したのは、明治三十六年の「明星」十二月号であった。「秋調」と題する次の詩、「杜に立ちて」「白羽の鵠船」「啄木鳥」「隠沼」「人に捧ぐ」の五篇である。これらの作品は、十一月上旬一挙に作詩されたものである。

ここで短歌から詩に突然転換した直接の原因を私はヨネ・ノグチ（野口米次郎）の詩集

「東海より」を読んでからだろうと判断するのである。この詩集は英国で出版されたものだか、富山房はこの年十月「東海より」を日本版として出版した。節子が啄木に贈ったというのはこの日本版だと思われる。だが私が少々疑問を持つのは、彼女が自発的にこの詩集を選んで啄木に贈呈したとは思えないのである。著名な詩人の詩集ならばともかく、野口は当時国内では全く無名の詩人であった。そうした詩集の出版情報をキャッチできたかどうか、またその詩集がはたして啄木の好みに合うのかどうか、などを考えると無理なように思うのである。一方啄木が「東海より」の出版情報（新聞記事）をつかんだとき、すぐに注目したのは米国在住だということ、そして詩人として欧米で成功したという事実であっただろう。啄木はその頃真剣に渡米の希望をもっていたから、この野口に接近することによって、渡米についての情報なり援助なりを引き出せるのではないか、といった思惑なり計算があったものと私は考えるのである。この詩集を是非読みたいと思ったが、当時の啄木は、野村長一宛の書簡にみられるように、「生は兄に借財して居るが其後、本代も何も薬代と変じて相不変、失敬している。誠に面目ない訳である。」とある。この金額は後に野村が「啄木の人と生活」という座談会で「三円か五円であった。」というから返済出来ぬほどの金額ではない。この状況は彼に詩集を注文する余裕がなかったということであろう。啄木は思い余って節子に支援を求めたのだと思う。彼女は愛する彼のために、早速取り寄せて贈ったものと私は推測するのである。この本を啄木が手にしたのは、出版されたのが十月となっているから、早ければ十月中、遅くとも十一月上旬には届いたであろう。

啄木は野口の詩に感動し、彼と接触するためには共通の話題として詩の実作が必要であったと思う。これが契機となって詩作に転換していったものと私は考える。彼が詩作に着手したのが、野口の「東海より」を読んだ時と重なることから、直接の動機として妥当だと思うのである。「明星」の十二月号にはすでに啄木は短歌の原稿を送っていた。したがって普通の考えからすれば、詩の原稿は翌月の一月号に出してもいいはずだと思うのだが、早急に野口に接触したいという彼は気が急いだ、おそらく無理に十二月号に掲載させてもらったものと思う。したがってこの号には彼の短歌と詩が掲載されている。

「明星」に初めて発表した詩は幸いにおおむね好評であった。彼はそれに力を得て以後詩作に没頭していった。このことが前記したように、ワグネルの研究を断念させた原因だと思う。十二月に入ると、「東海より」の評論に着手し「詩談一則」という標題で、原稿用紙十五枚ほどの論文を書き上げた。この論文の冒頭に、「白百合の君から送られて」

と特記されている。白百合とは無論節子のことである。普通論文などに、その本を何処から入手しようとわざわざ書くものではない。啄木が特に明記したのは、彼の要求を快く入れてくれた節子へのせめてもの感謝の気持ちの表白ではなかったか。

野口米次郎は、明治八年生れであるから啄木より十一年の年長である。十八歳のとき単身渡米し、苦労しながら詩集二冊を出し、後に英国に渡って出版したのが第三詩集「東海より」であった。啄木はこの論文で、「之を読む事、幾許ならずして幽妙の詩趣誌上に溢れ、胸底朗然として清興また一点の俗念を止めざるに似たり。」「独吟して深く氏の詩風を愛する者、此感懐を談じて新春の読者に頒たんとす。」と述べ、この論文は「岩手日報」に投稿され新年の紙面を飾ったのである。収録された三十六篇の詩にそれぞれ厚意ある感想を加えた後、「野口氏は明かに我日本の光栄なり、国内の詩潮未だ完たく定まらざるの日に於て、異土の文園に此成功を見るをえたるは、吾人同胞の大に意を強うする所。」と持ち上げている。また「大陸に君が手を握るの日、あわれその日、我渾身の脈官を圧する喜悦の波ぞ如何に高まらんよ。」そして最後に「高明なるヨネ・ノグチの秀容に接するの幸福は、或は甚だ遠からずして我頭上に落下し来たらんか。」と言い、彼は本気で渡米の意志を伝えている。

こうして、十一月上旬突然の作詩に着手して以来、「東海より」の評論「詩談一則」を発表し、この論文掲載の新聞はすでに野口に送り、後で詩稿も送ると書いている。これで準備も整ったとし、野口へ長文の手紙（原稿用紙で約八枚）を書いた。啄木が詩に転換して以後の流れを見ると、全てが野口によって占められていることがわかる。つまり短歌から突然詩に転換したのは、野口が直接の契機となったと断定してもいいのではないだろうか。この手紙は一月二十一日に発信され、野口への憧憬と、渡米への強い意志が示されている。「大兄の撞き出した詩の巨鐘の、哀れむべき一青年に及ぼしたる余響は、単に詩興一面の感化ではなくて、私が幼児より心がけて居た米国行きの希望に、強く制すべからざる加熱力を与へたのであります。此に至つて、大兄に対する私の敬慕は一層深い感謝と共に胸の中に燃えて居るのです。たとえ如何なる事があつても私は是非この望みを果たさなくつてはならぬ。」「なつかしい大兄の高風に接すべく、如何にして己が渡航の機会―否費用を見付たらよいであらうか。」と述べている。この文面をみても、啄木は何としても野口と親密な関係を築きたいという強い希望が感じられる。というのも、野口から渡航費用の援助を期待していたようにも思う。しかし野口としてもまだ三十そこそこの頃であり、余裕のある生活をしていたわけでもないから、返事に窮したのであろう。夢の実現に望みを託した野口からは、何時まで待っても返信はなかった。彼にもし二、三百円の自由になる資金があったならば確実に渡米していただろう。啄木の渡米という希望もついに実現することなく、夢のままに何時しか色あせて彼の意識から去ったのである。

だが啄木は野口とアメリカで会うことは出来なかったが、日本で会う機会がめぐってきた。それは明治三十七年のことであった。当時啄木は処女詩集「あこがれ」出版の目的で再び上京していた。一方野口は同年二月、日露戦争勃発に伴い、アメリカの新聞数社の委託を受けて日本通信員として帰朝中であった。啄木がどうして野口の来日を知ったかについてはつまびらかではないが、秋濱市郎宛の書簡（明治三十七年十一月）に「今日はヨネ・ノグチと会見して半日を費やし申し候」とあり、野口と面談したことは明らかだと思う。その頃啄木の渡米熱は漸次沈静化していただろうから、話はもっぱら詩のことや、これから出す詩集についてであったと思われる。野口は以後日本に残り、後に母校慶応大学の教授に迎えられて詩を教えた。啄木がもし長生きしていたら野口と親交を結ぶことができたであろう。

短歌から詩へ突然転換した理由について結論的に云うと、これまで述べてきたことから、私は野口の「東海より」を読んだことが直接の契機になったと考える。その理由は、「東海より」を啄木が読んだ時期と詩作に入った時期が重なっていること、これ以後の状況は野口に集中していること、渡米の強い希望から、野口と詩を共有するために詩の実作が必要であったと思われることなどがその理由として考えられる。与謝野鉄幹の談話をその契機だとする論者もあるが、前記したように直接の動機にはなり得ない。また啄木の詩稿ノートとの関係を言う人もあるが、このノートの詩は、彼が十一月初旬から作詩に入って「明星」の十二月号に発表した「秋調」五篇の詩以後のものである。もし詩稿ノートの詩が「秋調」の詩以前に作られていたとすれば「明星」に発表されていてもいいと思うが、「明星」はむろんのこと、他の新聞雑誌などにも発表された形跡はない。啄木は、姉崎正治宛書簡（明治三十七年一月二十七日）で、「小生詩作のことを始めてより僅かに三ヶ月に満たざるの現時、種々の格調を試むるは或は修養のみちにあらざるべきかとも存じ候へど。」と書いている。「詩作を始めて三ヶ月に満たない」ということは、前年の十月二十七日以降ということであるから、「秋調」の作詩に入った十一月上旬というのはこの書簡の記述と一致している。したがって啄木が詩に転換したのは「東海より」を読んだ時期、初めて作詩した時期が共に十一月上旬であれば野口の詩が契機になって短歌から詩に転換したと私は断定できると考えるのである。

啄木釧路からの脱出―その主因となったもの

啄木が「釧路新聞」への入社を決め、厳冬の釧路駅頭に立ったのは、明治四十一年一月二十一日のことであった。これまでの記者生活でもそうであったが、最初は仕事に打ち込みこの釧路でも競争紙「北東新報」を圧倒する活躍を示した。社長の白石も啄木の力量を認め、「是非永く釧路に居てくれと言ふ。三月になったら家族を呼び寄せるようにして、社で何処か家を借りてくれるといふ。自分も来て見たら案外釧路が気持ちよいから、さうしようと思う。不取敢せつ子へ其事を云送つた。」（日記四十一年一月二十八日）

これは着任当時の偽らざる気持ちであったと思う。それがどうして七十六日という短期間で釧路を去ることになったのであろうか。この件については諸氏によってかなりの誘因が指摘されている。啄木自身は宮崎郁雨への書簡で、「当地に来て一番困るのは友人のない事、もう一つ困るのは本屋のない事」といった不満をもらしている。だがこれらは来る前から予測できたことである。また何処で暮らしても苦労するのであれば、東京で暮らしたほうがいい、といった所謂「東京病」も常にあった。しかしこの不満も、生涯を釧路に住むのならばともかく、数年滞在する予定の彼にとって耐えられないような問題ではない。あるいは、日景主筆との確執といったこともあるが、新聞の編集も事実上編集長格でやらせてもらっているのだし、給料も二十五円支給されているのだから、一応不満を言える立場にはなかった。その他少々あったとしても、着任当時の心情からすれば、家族を呼び寄せて数年を平穏に過ごし、時期が来たら社の人達に惜しまれつつ釧路を去ることも出来たのである。それがどうして、突然夜逃げ同然の無様な姿でこの釧路を脱出する羽目になったかを考えるとき、私は彼の身に生涯まつわりついて断つことの出来なかった負債が最大の原因だったと考えるのである。これまでに彼が住んだ函館、札幌、小樽といった北海道の都会でさえ経験しなかったものを、この小さな港町釧路で初めて経験したのが芸者という女性達に親しく接したことであった。つまり芸者遊びを覚えたのである。優秀な頭脳と優れた文才を持ち、体格こそ貧弱であったが、整った容貌に魅力ある話術を駆使した啄木であったから、彼に接した者は例外なく引き付けられていった。女性ならばなおさらのことであっただろう。芸者衆にちやほやされ、後先を考えることもなくのめり込み、ほとんど毎日のように料亭に入り浸っていたのである。

火をしたふ虫のごとくに
ともしびの明かるき家に
かよひ慣れにき

この歌にその頃の実感がよくでている。こうした柄にもない生活が彼に耐えられるはずはなかった。やがて経済的破綻は間違いなく来るのである。彼の死後に発見された所謂「借金メモ」によれば、釧路での負債は百九十五円にも達している。（関下宿五十円、喜望楼七円、鶤寅十二円、鹿島屋二十二円、料亭（屋号不祥）四円、俣野景吉四円、日景安太郎五円、佐藤国司十円、遠藤隆十五円、本屋十六円、宮崎郁雨五十円）他に、離釧のとき小奴に借りた五円を加えると二百円という高額の負債を抱えていたのである。これが僅か二ヶ月半の間に出来た負債なのだ。到底尋常の手段で返済できる金額ではない。

この馴れ親しんだ生活を簡単に断つことは出来なかっただろうから、増加する可能性はあっても減少する展望はまずない。家族を呼び寄せるといった段階ではすでになくなっていたのである。借りることには天才的な手腕を発揮し、「借金の名人」といった称号さえ受けている彼だが、こと返済に関してはほとんど無策に等しい。だから返済を考える前に、如何にしてこの借金地獄から脱出するかを模索する人間であったと思う。これらの負債が生活上の必要経費であるならば、まだ同情もできるが、これは全く無駄な消費であり、少しでも経済観念のあるものならば避けられた出費である。以上述べたことからも、啄木が突然釧路から脱出しなければならなくなった最大の原因は負債にあったと考えられるのである。しかし一方、「梅川事件」をその直接の原因だとして強く主張する論者もあるので、その件についても触れておきたい。

「梅川事件」というのは、周知のことではあるが、共立病院の薬局助手兼看護婦であった梅川操と新聞記者佐藤衣川に関する事件で、それは明治四十一年三月二十一日夜のことであった。啄木は小奴を連れて下宿に帰っていたが、深夜の一時頃に梅川が突然窓の下から、「石川さん」と声をかけてきたのである。入ってきた梅川の様子はただ事ではなかった。啄木は次のように書いている。「何といふ顔だろう。髪は乱れて、目は吊つて、色は物凄くも蒼ざめて、やつれ様ツたらない。まるで五六日下痢をした後か、無理酒の醒めぎはか、さらずば強姦でもされたと云つた様の顔色だ。」（日記）この様子は梅川の身に何か事件のあったことは明らかである。また翌日の日記に、「上杉君が来た。昨夜十一時頃、泥酔した衣川子と梅川が米町を歩いて居た事を聞く。上杉君は、きつと衣川が梅川を姦したに違ひないと云ふ。昨夜の事を思合して見ると、成程と思はれる節の無いでもない。」こうした上杉の報告に啄木は昨夜の梅川の様子から衣川が梅川に乱暴したであろう事を実感したのだ。その日梅川は啄木の部屋に来て「昨夜は私悪魔と戦つて勝つて来ました。」と言って次のように話したという。「衣川が病院に来て飲んで、十一時頃梅川を連れ出した。厳島神社へ行って口説いて、アハヤ暴行に及ばむとしたのを、女は峻拒して帰って来たのだといふ。」この話を聞いた啄木は、「衣川は哀れむべき破綻の子、その一身の中に霊と肉とが戦つて、常に肉が勝利を占めて居る男である。」と啄木は強い調子で衣川を批判している。梅川にしてみれば、この事件が啄木の耳に入った場合、もし誤解でもされることにでもなれば、彼に想いを寄せる彼女としては一大事であるから、深夜にもかかわらず報告に立ち寄ったのであろう。「予は一種の戦慄を禁じえなかつた。浅間しいやら、可哀相なやら」こうした女性を目の前にして、彼は戦慄するほどの不快を感じたのだ。そして隣室に待機させていた上杉と横山に、「今後訪ねて来ては不可ぬ」と、梅川に忠告させている。

　この日を境にして啄木の心情は急速に釧路から離れ「真につくづくと釧路がいやになつた。」と日記に書くのである。そして翌日から欠勤を繰り返し、以後出社することはなかった。したがってこの事実から「梅川事件」が釧路から啄木を去らせた直接の原因だとする、北畠立朴氏は「啄木が今まで交際してきた女性と梅川操は異質なものを感じて遠ざかるのではなく、かえって彼女に強い好奇心を持ち近づいて行ったようだ。油断のならない女と思いながらも、心の中で彼女に引かれていったのではないか。」（啄木に魅せられて）また今井泰子氏は「啄木は最初から梅川の中に啄木の好みとは異質の女性を見ている。にもかかわらず、極端な異質性ゆえに、啄木は逆に梅川に強い関心を抱いたようである。」（石川啄木論）という。この両氏の記述は大体同じ論旨である。つまり啄木が梅川に関心をもっていたが故に、彼女が衣川に乱暴されたらしいということを知って、俄かに彼の心情が変化し、急速に離釧を決意したのだ、と見ているように思う。この立論は、啄木が梅川に特別な関心を抱いていたという事実を証明しなければならないと考えるが、私の印象では、そうした記述を見出すことはできなかった。例えば梅川について次のような観察をしている。「何方かと云へば珍しいお転婆の、男を男とも思わぬ程のハシヤイダ女である。」とか「心の底の底は、常に淋しい、常に冷たい、誰かしら真に温かい同情を寄せてくれる人をと、常に悶えて居る危険な女である。」（日記）こうした記述を見ても梅川に対して好意を持っているとは思えない。むしろ最低の女性像にさえ映るのである。危険な女ということであれば、普通危険なものからは遠ざかるとか、避けるといった態度をとるものである。その証拠に、事件の翌日梅川が啄木の部屋を訪れたとき、隣室に待機させていた同僚に「こんご訪ねてきては不可ぬ」と言わせている。また後に、東京で偶然梅川に会った時にも、彼は梅川を避ける態度をとっている。「何処へと聞くと芝へと云ふ。予は態と反対の方角をとって上野へ行くと云ふ。」（日記）とあり、明らかに梅川を敬遠している様子がわかる。これまで記したことからも啄木が梅川に特別な関心を抱いていたとは到底思えないのである。したがって「梅川事件」以後啄木の心情が急激に変化したことから、ここに離釧の原因を求めるのは無理があるように思うのである。「梅川事件」を離釧の直接の原因だとする論者は何故か負債について多くは触れていないが、もし負債が全く無かったとして、はたして梅川の件や、他の原因だとすることで、突然夜逃げ同然の脱出を試みたであろうか。この行為は職を失うことであり、失職は収入の道を断たれることを意味する。それ程の犠牲を払うに値する問題だとは到底思えない。だが負債の場合は全く違う。負債だけで充分離釧の原因となりうるのである。ただ彼は脱出する切っ掛けが欲しかっただけで、梅川の件をその切っ掛けに利用したということだと思う。彼は勤め先に辞表を提出して釧路を出たのではない。「家族に関する用」とのみ葉書に書いて出したのだが、それも同僚に社にだけは知らせて行ったほうがいいと言われて通知したのであって、彼は密かに発つつもりであった。無論釧路に帰る気はなかったのだ。この去り方は夜逃げ同然ではないか。他の理由で釧路を出るのであれば、こうした去り方をする必要は全くない。堂々とした態度で辞することが出来るのである。この脱出方法を見ても、その原因が負債であったことを物語っている。啄木は二百円もの高額の負債をかかえて、この上釧路での乱れた生活を続けていては、負債の返済できる展望は全くない。むしろ増加の一途をたどり破綻を招くのは必至である。そして彼の目指した文学とも遠ざかってすでに久しい。こうした状況に危機感をもった啄木はこの現状を打開する道は、釧路からの脱出以外にはない、という結論に達したのではなかったか。

明治四十一年四月五日の早朝、船便で函館をめざした。「後には雄阿寒、雌阿寒の両山朝日に映えた雪の姿も長く忘られぬであらう。」とその日の日記に書き、再び釧路に帰ることはなかった。

啄木敗残の帰郷—岩城説への疑問

啄木は明治三十五年十月、中学卒業を目前にして退学し、文学で身を立てる決意でその月末には早くも上京したのであるが、しかしこの東京での生活は悲惨な結果を残しただけで、病人同然の姿で父に連れられて帰郷するという、在京僅かに四ヶ月で敗残に終わったのである。岩城之徳氏作成の年譜にも、「明治三十六年二月二十六日、父に迎えられて東京を出発帰郷する。二月二十七日、帰宅。故郷の禅房に病身を養う」(石川啄木伝)とあり、この事実はすでに定説になっていると思われる。だが岩城氏は、「国際啄木学会会報」の創刊号で、巻頭に「新しい学問研究のために」という文章を掲げ、つぎのように述べられている。「東京のきびしい現実のもとに苦しむ啄木の状態を知った父の一禎は、再び次女トラの嫁ぎ先である山本千三郎に救援を求め、その送金で啄木の窮地を救うことが出来たのではないかと私は考える。その金額はおそらく十円程度であっただろう。啄木はこの金で上野盛岡間の切符を購入し(四円二十六銭)残余の金からリッジーの英書を二円二十五銭で、買い求め、大館みつ方の下宿料三十円を滞納したまま明治三十六年二月二十六日単独で帰郷の途についたものと想像する。ここで重要なことは、病気になって敗残の身を故郷渋民村にさらしたのではなく、帰郷に先立ってリッジーの「Ｗａｇｎｅｌ」を買い求めたのは、心中秘かに期するところあってのことで、東京では成功しなかったが故郷の禅房で英語の語学力を生かし、それによって文学者の道を求めようとしたのではないかと考えられる。「岩手日報」へ連載したワーグナーの研究はそれを物語るものである。」長い引用になったが、ここにはきわめて重要なことが述べられていると思う。岩城氏自身年譜には「父に迎えられて東京を出発禅房で病身を養う」と書きながら、何故か会報には「単独で帰郷の途に着いた。」「病気になって敗残の身を故郷渋民村にさらしたのではなく、」と述べているのである。年譜と会報の記述をそのまま読めば、全く正反対のことが言われているのである。氏がどうして百八十度の転換をされたのか、私には理解することが出来ない。というのも、「父が連れ帰った」にしても、「病人同然の姿で帰郷した」ということでも、文献上でいくらも証明できると思うが、「単独で帰郷した」とか「病気になって帰郷したのではない」といった事実を証明できる資料は私の記憶では存在しないと思うからである。

まず「父が連れ帰った」について検討してみると、妹の光子氏がその著「兄啄木の思い出」で次のように延べている。「長いあいだ音信のなかった啄木から手紙が届き、兄が東京で病気にかかっているということが手紙の主文で、それについてかなりの借金もできたから、なんとかしてほしい」という文面に家族は驚き、「父が上京して兄を連れ帰るべく相談がまとまった。」「裏の万年山の栗の木を売り渡すことに決めて、ともかく二十円の金をつくって上京したのであった。」ここには父の上京について明確に述べられている。

次に金田一京助氏が父一禎和尚から直接聞いた証言がある。それは啄木がこの世を去った夜のことであった。父一禎が上京した時のことを興味深く語っている。「厳父が須田町の宿にやっと君を連れて来て、さあ帰国しようと宿への払い一円七十銭の宿料に、五円紙幣出して、女中が持ってきた銀貨銅貨を取り交ぜた釣銭を、厳父が手を出すより早く、間一髪、君が、「ウン此はお前に遺る」とうっちゃる様に推しやった。」(石川啄木)という。記述の内容は極めて具体的で、須田町の宿であるとか、宿の金額まで明確に述べられている。しかも確かに啄木のやりそうな挿話で、とうてい金田一氏の創作だとは思えない。石川家の両親にとって、啄木は宝物のような存在だったであろうから、彼が東京で肉体的に、また金銭的に困窮し、親元に支援を求めてきたのであれば、無理をしてでも資金を用意し、直ちに上京して連れ帰りたいというのが、この両親にとっての心情であるならば、父が上京したというのはごく当然の行為であったと思う。岩城氏はこの件について、「単独で帰郷の途についたものと想像する。」と、何故か想像で述べられているが、想像であるからには実証できる資料はなかったということであろう。なぜ前記二氏の証言を無視し、また岩城氏自身が作成された年譜の記述を捨ててまで、実証不能の記述をされる必要があったのか、はなはだ疑問だと思う。

次に、「病人同然の姿で帰郷した」という件について検討してみよう。岩城氏は前記したように、「ここで重要なことは、病気になって敗残の身を故郷渋民村にさらしたのではなく」と延べられているが、体調が不良であったのも事実で、以下にその証拠となる記述を提示する。これも前記した光子氏の文章で、「兄が東京で病気にかかっているというのがその主文で、」とあり、啄木自身が病気だと言ってきているのである。また、啄木が帰郷して二日後、小林、瀬川、岡山の親しい学友三人に出した手紙に、「若し生に病者の最好薬剤はと問はば、生は直ちに故郷に帰れと申すべく候。」と書いている。啄木は東京での過酷な生活から逃れて、ふるさとで両親の庇護のもとに再び平穏な日々を迎え、心身共にその重圧から開放された実感が、「病者は故郷に帰るのが最良の薬だ」と言わせたのであろう。ここにも病気の自覚が彼自身によって語られている。そしてまた、野村（長二）氏宛の書簡（明治三十六年九月十七日）でも、「東都落塵の日、身も心も弱り衰へた自分のために、尽くしてくれた兄の好意はどれ程であっただろう」と書いている。つまり、在京当時のことをよく知られている野村に対して、嘘を書くはずはないから、「身も心も弱り衰えた自分」は真実を語っているものと考えて間違いはない。つまり啄木自身が心身共に衰弱していたことを認めているのである。

他に決定的な資料だと思うのが原稿用紙にして三枚半程度の未完というよりは断片に等しいような「樗牛死後」という文章がある。啄木はおそらく自然主義的私小説を意図したと思うが、何らかの事情で中断したものであろう。在京当時の状況を正直に告白していて余すところがない。「神田錦町のとある通りに、薄汚い安下宿があった。その数少ない止宿人の中に、京橋辺のある鉱業会社の分析課に勤める佐山某といふ人がいた。小石川の先の下宿を着のみ着のままで逐出された私は、年端も行かぬ身空で、経験もなければ知恵もなし、行処に塞つて了つて、二三日市中をうろつき巡つた揚句に、真壁六郎といふ同年輩の少年と共に、その人の部屋に二十日ばかりも置いて貰った事がある。

一月下旬から二月中旬にかけての寒い盛り、（中略）終ひには声を挙げて泣きたい位、自分の現在の全然目的も励みもない、身も心も腐って行く様なはかない其日其日が悲しくなつた。（中略）私の眼からは止度もなく涙が湧く（中略）昼頃になると、前日あたりに着ていた木綿の紋付を質に入れて得た金の残額で真壁と二人、一間ばかりしかない一膳飯屋へ行つた。」（以下略）

ここには啄木の絶望的な東京生活が赤裸々に綴られている。収入がないから下宿料を払えずに、着のみ着のままで追い出されて東京市中を放浪していたのだ。上京してすぐに買い揃えた机や本箱なども下宿代の形に取られて持ち出すことが出来なかったと思う。こうした状況では三度の食事さえ満足には出来なかっただろうし、何よりも精神的打撃は想像以上のものがあったと考えられる。啄木は十月末に上京して以後、克明に日記を書いていたが、ひと月と少し過ぎた十二月三日、二行ほど簡単に記した後、この月十九日まで書かれていない。十九日の記事は、「日記の筆を断つことここに十六日、その間殆んど回顧の涙と俗事の繁忙とにてすぐしたり。」とある。「俗事の繁忙」とは、おそらく金を借りに友人の間を巡っていたと思うが、結局不調に終わったのであろう。その時彼の脳裏に蘇ってくるものは、故郷の禅房でなに不自由なく過ごしたかっての日々であっただろう。そうした想いに現在の自分自身を重ね合わせるとき、その惨めさに回顧の涙が頬をつたって流れるのである。私は十二月の中旬からかなり危険な状況になっていたものと思う。この頃から彼は放浪者への転落という厳しい現実に立たされたのであろう。「身も心も腐って行くような」日々を送るという、こうした環境にいて、はたして文学への意欲が生まれるものだろうか。安住する部屋もなく、食事さえ満足に出来ないような状況であれば、心身の衰弱は加速度的に進んでゆくはずである。引いては、生命の維持さえ保証出来ない状況を招くのであって、さすがの啄木もここへ来て限界を感じたのであろう。親元へ現状を報告して救援を求めたのである。

これまでに提示した各種の証言を考察してみると、「父が上京して連れ帰った」ことや、「心身の衰弱による病人同然の姿」であったことは明らかで、これらの証言を否定される岩城説は、はなはだ疑問だと思う。もし岩城説が真実ならば、提示した各種の証言はすべて虚偽を語っていることになるのである。岩城氏はおそらく、啄木が帰郷後「岩手日報」に発表した「ワグネルの思想」に着目し、こうした高度の研究は、病身で帰郷したのでは出来ないだろう、といった判断から、「病気になって敗残の身を故郷渋民村にさらしたのではなく」といった記述になり、病気でなければなにも親元へ支援を仰ぐ必要はないから、必然的に「単独で帰郷した」というように考えられたのではないかと私は推察する。啄木はその五年後の日記（明治四十一年九月十六日）に、「三十六年の二月病を負うて渋民に帰り、少し研究したり思索したりした結果、五月頃に「ワグネルの思想を論ず」といふ言文一致の論文を毎日一回分ずつ書いて送つて出した。十回ばかり続いたが、それでも序論が終わらずに病のため筆を断った。」とある。ここには「病を負うて渋民に帰り」としながらも、帰宅して三ヶ月ほどが過ぎた頃、体調の回復するにつれて、文学に対する意欲も湧いてきたのであろう。彼としては、敗残者の汚名を拒否して、啄木健在なりという姿を友人達に示したかったのだと思う。しかししばらく文筆から遠ざかっていたので中途で挫折したのはやはり疲れが出たのだ。

岩城氏は「東京で英書を購入して帰郷した」とされているが、私は次に述べる二点によりその可能性はないと思っている。その一点は、啄木が父と会った時の体調は、前記した状況から判断して、心身共にかなりの衰弱があったものと推測される。こうした体況ではたして文学への意欲が湧くものだろうか。そうした意欲は体調が整って初めて出てくるものだと思う。それよりもまず体の回復が先決であろう。二点目は、光子氏の記述で、父一禎和尚が上京する際、栗の木を売った金二十円を持って出たと述べているが、この金額が正確なものとして考えると、まず汽車賃（盛岡上野間、四円二十六銭）父の往復分と啄木の帰路分合計で、十二円七十八銭となる。宿賃は金田一氏の証言によると、一円七十銭のところを啄木が五円紙幣の釣銭を女中にくれているから、五円とする。ここまでの合計で十七円七十八銭ということになる。これで残金は二円二十二銭で、二人の食事代などを考えると、洋書などを買う余裕などは全くないのである。そしてまた、啄木が親元に出した手紙に「かなりの借金も出来たから、なんとかしてほしい」とあることから、父と会ったとき、負債の話が当然出たものと思う。下宿料の未払い、三十円は無理としても、野村に借りた金も返済していないから、やはり父が持って出たという二十円以外に、余分な金の持ち合わせはなかったのだ。野村の借金というのは、帰郷後啄木が彼に出した書簡（明治三十六年九月十七日）で、「生は兄に借財して居るが、其後、本代も何も薬代と変じて相不変、失敬している。誠に面目ない訳である」とある。この金額というのは、野村が後に「啄木の人と生活」（昭和二十九年二月十日）という座談会で、三円か五円だったと述べているが、当時彼は学生だったから三円でも大金だと思うが、まあその証言に従うとして、この借金も返済されていないということは、やはり父の所持金に全く余裕のなかったことを示すものである。したがって、これまで検討したことから離京時に洋書を購入することは出来なかったと私は判断している。

石川啄木生涯の足跡について

啄木が二十六年二ヶ月という短い生涯で足跡を残したのは、東北、北海道、関東の三地区に限られていて関東以西には全く足跡を残していない。私は彼の足跡を地図上に図示してみたいと考えていたが、不明な点もあり、また地区によっては複雑な足跡もあって、一枚の紙に全部書き入れることは困難であると思われた。したがって、複雑なものについては、別紙に図示することとした。当然のことながら、疑問のあるものや、不明確なものはこれを除外した。（図1）がその足跡である。

啄木の旅行は三つに大別することができる。その一つは北海道、第二に東京、そして第三が中学時代の修学旅行である。

石川啄木は、明治十九年二月二十日、岩手県南岩手郡日戸村の曹洞宗日照山常光寺にて出生した。一年後父一禎が北岩手郡渋民村の宝徳寺に転出したため明治二十年三月三十日、一家は渋民村に移転した。啄木は明治二十八年四月二日、盛岡高等小学校へ入

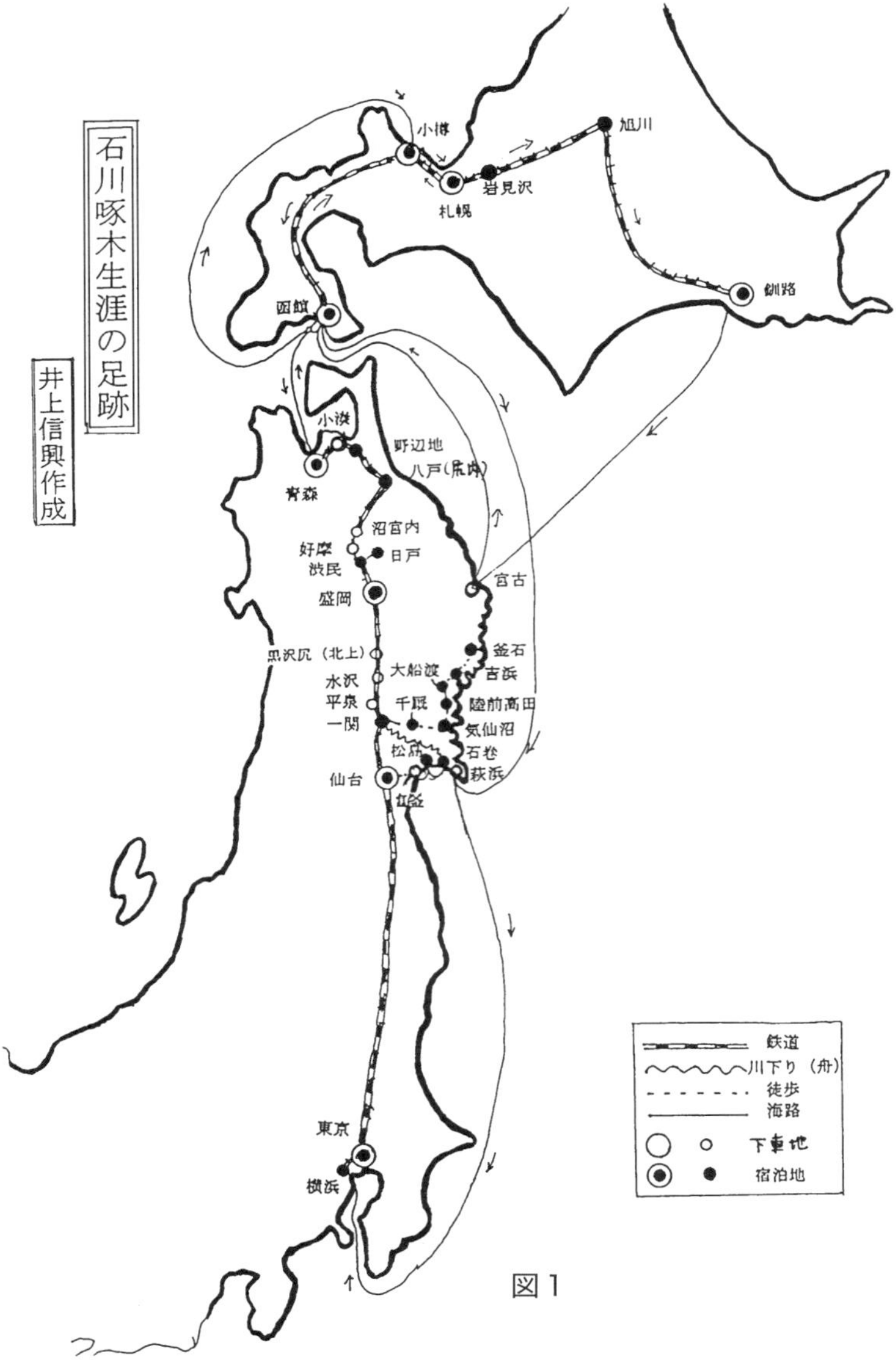

石川啄木生涯の足跡
井上信興作成
小樽
札幌
岩見沢
旭川
釧路
函館
小湊
野辺地
八戸
青森
沼宮内
好摩
日戸
渋民
盛岡
宮古
黒沢尻（北上）
釜石
大船渡
吉浜
水沢
平泉
千厩
陸前高田
一関
気仙沼
石巻
仙台
荻浜
東京
横浜
鉄道
川下り（舟）
徒歩
海路
下車地
宿泊地

図1

学して盛岡市仙北組町四十四番戸工藤常象方へ寄寓し、その後、盛岡市新築地二番地の海沼ツエ方に転居した。明治三十一年四月盛岡尋常中学校（後に県立盛岡中学校）に入学。

明治三十二年七月、中学二年生の夏休みを利用して、当時上野駅に勤務する義兄山本千三郎家に滞在した。これが東京へ旅行した最初である。

明治三十三年、この年盛岡市帷小路五番戸田村叶方に寄寓する。

七月十八日丁二会（クラス会）の三陸海岸旅行に参加する。この旅については「船越日記」に詳しい。盛岡から東北線で水沢に下車し、以後は徒歩（一部船）で釜石に至るという過酷な旅であった。（図2）水沢から平泉の金色堂を見学し一関で宿泊、翌日太平洋側の気仙沼に出て宿泊、以後陸前高田から海岸線沿いに大船渡、吉浜を経由して釜石に至る七泊もの旅であった。この旅行は釜石で解散し、啄木は同地の従兄工藤大介方に逗留した。帰路についての記述がないので不明であるが、当時は釜石から花巻に出るのが一般的だというから啄木もこのコースを通ったものと思われる。その頃釜石、陸前大橋間十八キロは鉄道馬車が施設されていたので、これを利用したと考えられるが、その先の先人峠が難所で、この峠は籠または徒歩でかなりの時間を要したという。したがって当時は花巻まで出るのも大変だったことがわかる。花巻、盛岡間は当然汽車であった

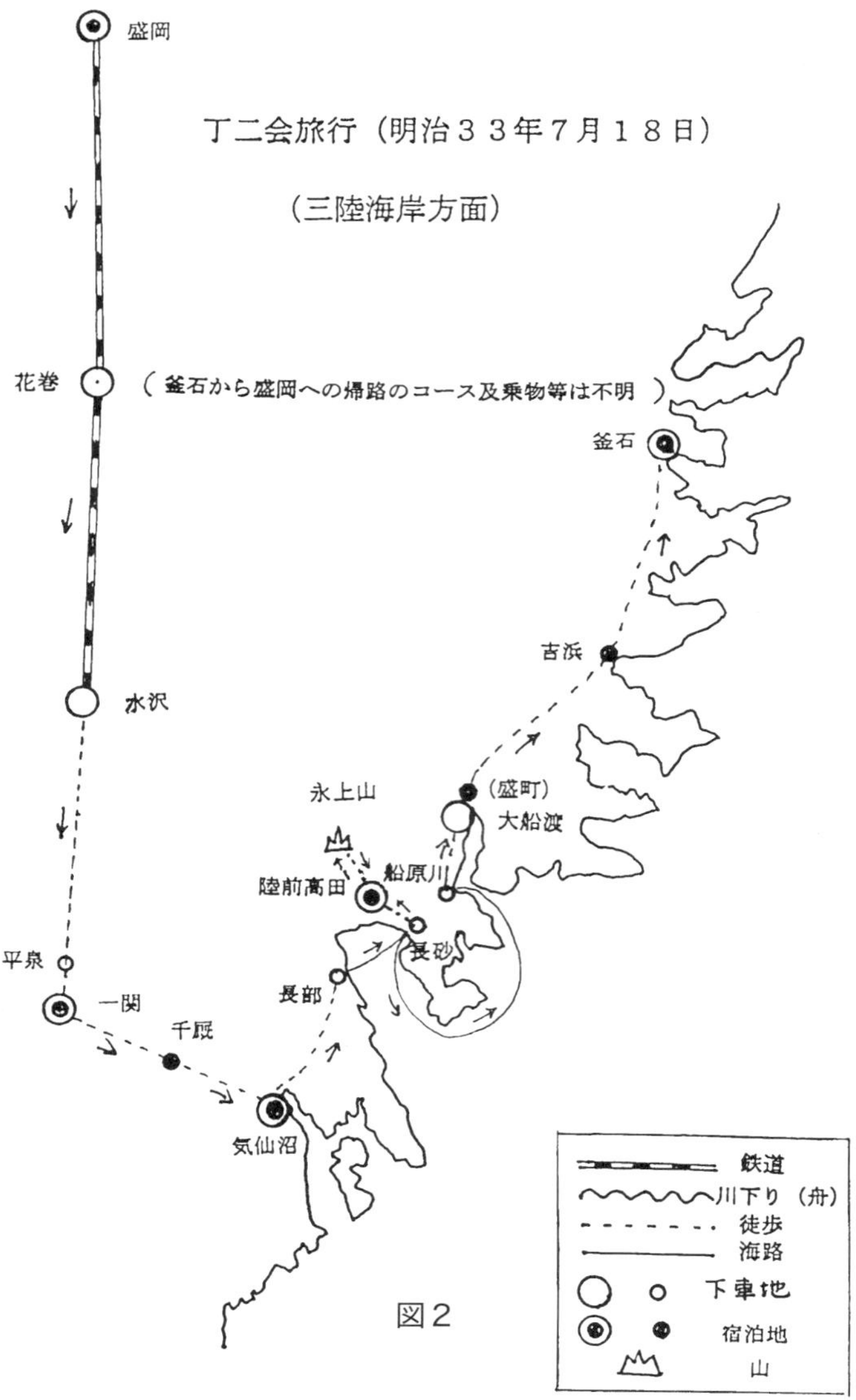
丁二会旅行（明治３３年７月１８日）
（三陸海岸方面）
盛岡
花巻
（釜石から盛岡への帰路のコース及乗物等は不明）
水沢
平泉
一関
千厩
気仙沼
長部
長砂
陸前髙田
永上山
船原川
大船渡
（盛町）
吉浜
釜石
鉄道
川下り（舟）
徒歩
海路
下車地
宿泊地
山

図２

だろう。ちなみに鉄道馬車というのは、馬が貨車や客車を引いて施設線路上を走るもので、主として鉱石運搬用に建設されたものであったが、旅客についても一日一往復運行されたという。帰路についての記述は一応私の推察である。

明治三十四年六月盛岡市長町八十番地田村叶方に寄寓す。この年七月、学友と十和田湖方面に旅行した形跡が詩や書簡などで認められるが、日程、人員、経路など一切不明で、確証が得られていないため、記載は文章のみに止める。

同年十月十五日、田村叶は盛岡市四ツ家二十七番地へ、また十一月二十五日には盛岡市仁王小路三十番地へ続いて移転しているが、啄木もそのつど移転したものと思われる。

明治三十五年五月二十八日、五年組の修学旅行に参加する。陸中海岸の旅はかなりの強行軍であったが、この旅は松島方面で、行動範囲も狭く、行程は割合簡単である。(図3)盛岡を夜中の一時十三分に発ち一関に下車して、ここから北上川を船で河口の石巻まで下るのである。それは当時まだ石巻に至る鉄道がなかったから川を交通手段として利用していた。(石巻まで鉄道が開通したのは大正元年のことである。)この旅は石巻に一泊し翌日船で松島を見学して宿泊、次の日は塩釜まで船を利用し、以後徒歩で仙台に出て盛岡へは汽車を利用して帰宅した。啄木はこの年、カンニングが発覚、学業成績不良、欠席日

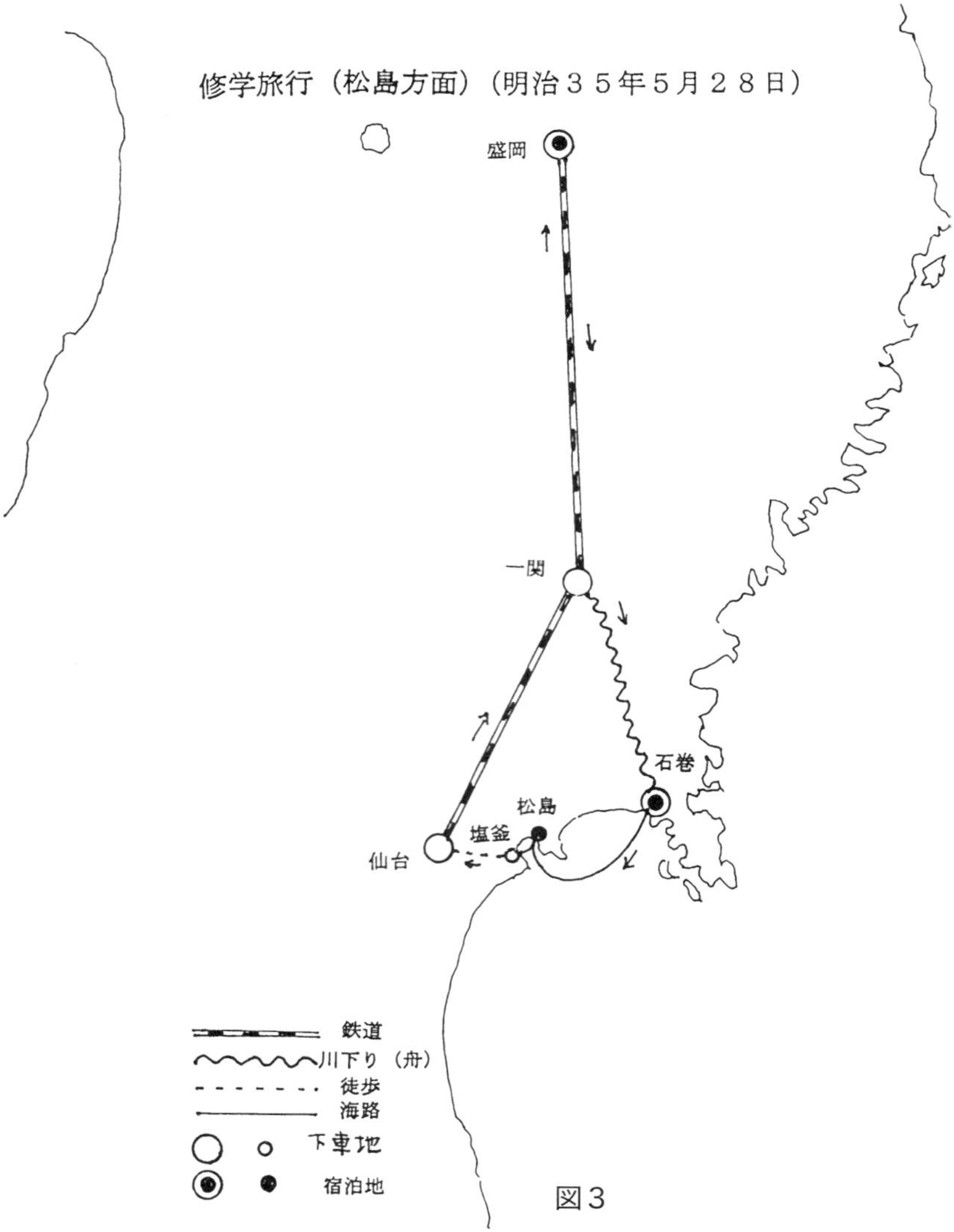

図3

数なども多く、落第必至とみたのであろう、十月二十七日「家事上の都合に依り」を理由に退学届を提出し、卒業を目前にして自ら中学を去っていった。

こうなっては文学で身を立てるしかない、という決意で十月三十日には早くも二回目の上京をして行ったのである。友人細越夏村の世話で小石川区小日向台町三丁目九十三番地大館みつ方に止宿した。だが、何の準備もないままの上京であったから、当然のことながら、四ヶ月で夢破れ、心身の衰弱した身を父に連れられて帰宅した。

明治三十七年九月二十八日処女詩集「あこがれ」出版に伴い、資金援助を相談すべく、小樽の山本家に向かう。この日午後渋民を出発し尻内（八戸）に一泊し、翌日野辺地に下車して青森に一泊。翌三十日陸奥丸で津軽海峡を越え函館に宿泊。十月一日三時、ドイツ船ヘレーン号に乗船し小樽には翌二日午前十一時に到着した。後で応分の支援をするという返事を得て、当分同家に逗留し、帰路は小樽函館間の鉄道が開通して三日目という幸運にめぐまれ、汽車で函館に到着し十九日に帰宅した。十月下旬に黒沢尻（北上）の小学校に勤務する伊東圭一郎を恋人節子と共に訪ねた。伊東家から託された小包を届けに行ったのである。

十月三十日、詩集刊行の目的で三回目の上京をして本郷区向ケ岡弥生町三、村井方に止宿した。十一月八日、神田区駿河台袋町八、養精館に移転。十一月二十八日、牛込区砂土原町三丁目二十二番地井田芳太郎方に転居した。その間詩集出版についての有力なコネさがしに奔走していたが、成果は得られなかった。最後に小田島尚三の出資で、明治三十八年五月三日「あこがれ」は出版された。

五月二十日上野を出発して帰途についたが、途中仙台に逗留し、土井晩翠を訪問などして二十九日まで大泉旅館に滞在した。五月二十九日仙台を発って盛岡にまっすぐ帰ったのではなかった。途中五、六日間どこかに滞在していたようで（この間、金策に回っていたと考えられるが、その足取りは明確になっていない。）、盛岡に帰ったのは六月四日であった。婚約者堀合節子との結婚式が五月三十日に予定されていたがその日にはついに帰宅しなかったのである。啄木一家五人が移り住んだのは、現在「新婚の家」として保存されている、盛岡市仁王第三地割字帷子小路七十九番地の家だが、三週間後の六月二十五日には盛岡市加賀野第二地割字久保田百六番地に移転していった。おそらく家賃を支払えなかったものと思われる。

明治三十九年二月十六日、当時函館に勤務していた義兄山本千三郎家を訪問した。なにしろ父は渋民の寺を追われ、啄木も無職であるから収入は皆無であった。現状の打開策を相談に行ったのであるが、名案もないまま、帰途野辺地に立ち寄り、常光寺の師僧対月にも相談したようだが、思わしい結果は得られなかった。これが二度目の北海道旅行である。

明治三十九年三月四日、渋民小学校へ就職するために、渋民村大字渋民第十三地割二十四番地、斎藤福方に寄寓し、四月十四日から代用教員として渋民小学校に出勤した。四月二十一日、徴兵検査を受けるため、沼宮内町にて受診したが筋骨薄弱により丙種合格となり帰村した。

六月十日、十五日間の農繁期休暇を利用して上京した。与謝野鉄幹方に滞在して小説類を読み以後創作に専念する。

八月四日、「小天地」発刊時の大信田落花の委託金消費の件で警察からの呼び出しに従い、沼宮内警察に出頭した。

彼が出生した日戸村の小学校に、十月五日授業批評会があって出席した。

明治四十年四月代用教員免職に伴い函館移住を決め、妹光子だけを連れて五月五日に函館に到着した。松岡路堂が下宿している青柳町四十五番地の和賀市蔵方に当分の間落ち着くことになった。

七月七日、妻節子が長女京子を連れて渡函し、函館区青柳町十八番地ラノ四号に新居を定める。一家離散の家族をまとめるため、母を迎えに八月三日、野辺地へ行く途中学友瀬川深を訪問するために小湊で途中下車し、後に常光寺へ赴き、母を伴って八月四日に帰宅した。しかし平穏な日は永くは続かず、八月二十五日夜大火が発生、市内の大半を焼き尽くす。したがって函館に見切りをつけ、札幌移住を決意した。

九月十四日札幌に到着。同人向井の下宿先である札幌区北七条西四丁目四番地、田中里方に止宿する。小国露堂の世話で「北門新報」に入社したが十日ほど後、小国から小樽に創刊する「小樽日報」に転じてはどうか、という話があり、同社に入社を決め「北門新報」を辞任して九月二十七日小樽の義兄山本の勤務する中央小樽駅長官舎にしばらくの間世話になる。翌日より同社に出勤した。

十月二日、小樽区花園町十四番地、西沢善太郎方に間借りして母と妻子四人が住まう。

十一月六日、小樽区花園町畑十四番地の借家に移転した。

十二月二十一日、事務長とのトラブルで同社を退社した。

明治四十一年一月十三日、「釧路新聞」社への入社決定。一月十九日単身小樽を出発し、途中、当時岩見沢駅長だった山本家に一泊し、翌日旭川で白石社長と合流して駅前の宮越屋に宿泊した。

一月二十一日旭川を発ち釧路へ向かう。最果ての町釧路に着いたのは夜の九時過ぎであった。その夜は同社理事佐藤国司宅に泊まる。翌日より出社し、一月二十三日、釧路町洲崎町一丁目三十二番地下宿関サツ方に落ち着く。しかしこの釧路の生活は乱れ、借金もかさみ、四月五日酒田川丸で海路密かに釧路を脱出して函館に向かうという、僅か二ヶ月半ほどの釧路での生活であった。この船は宮古を経由して翌日函館に着いた。

四月二十四日宮崎郁雨の好意により家族を函館に残したまま、海路三河丸で上京した。途中、宮城県の萩の浜に寄港し翌日横浜に入港して、横浜正金銀行前の長野屋に宿泊し、同行に勤務する小島烏水と面談した。横浜からは汽車で新橋に着き・千駄ヶ谷の「新詩社」に当分の間止宿する。

五月四日、金田一京助の好意で彼の下宿、本郷区菊坂町八十二番地赤心館に同宿させてもらう。しかし下宿代の金銭トラブルから、金田一はこの下宿を出ることにして、九月六日、本郷区森川町一番地、新坂三五九の蓋平館別荘に啄木を伴って移転した。明治四十二年六月十六日郁雨が啄木の家族を同伴して上京したので、用意した本郷区本郷弓町二丁目十七番地新井こう方二階に転居した。ここの生活は歌集発刊や思想問題、長男真一の死、節子の家出などがあって、啄木の人生においてきわめて重要な時代であった。

明治四十四年八月七日、小石川区久堅町七十四の四十六号に転居したがここが啄木の終焉の地となったのである。近年、「東海の歌」の原風景だとして、大間の弁天島だとか、八戸の蕪嶋などの説が出ていて、あたかも啄木が足跡をのこした地のような印象を与えているが、そのような事実を証明する資料は出ていないのである。

辞世の歌

大木の枝ことごとくきりすてし
後の姿の寂しきかなや

この歌が啄木の歌であることや、まして辞世の歌であることにすぐ気づく人は、たぶん少ないのではないかと思う。なぜならば、歌集「一握の砂」や「悲しき玩具」には収録されていない歌だから目にふれる機会が少ないと思うからである。

私が最初にこの歌を見たのは、明治四十一年六月二十九日の日記であった。「うつらうつらと枕の上で考へて、死にたくなつた。死といふ外に安けさを求める工夫はない様に思へる。生活の苦痛！　それも自分一人ならまだしも、老いたる父は野辺地の居候、老いたる母と妻と子と妹は函館で友人の厄介！　ああ、自分はなんとすればよいのか。今月もまた下宿料が払へぬではないか。」と述べたあとに前記の歌を書き、「この歌が辞世の歌に可い。」と記しているのである。

啄木は北海道流浪の生活を清算し、文学で身をたてる決意で上京したのが、明治四十一年の四月二十四日であったが、僅か二ヶ月後にはすでにこうした死への誘惑にとりつかれていたのである。なにしろ生活費の準備もなく、とにかく小説を書いて収入を得ようとしていたのであるが、いくら書いてみても、ことごとく金にはならなかった。彼は金がなくなると質に入れるか、友人知人から借金するといった不健全な生活の繰返しであった。普通常識的な考えかたからすれば、一応何らかの職に就いて、ある程度の収入を確保した後に文学を続けるというのが一般的な考えかたであると思うが、彼にはそうした考えはなかった。過信というか、社会を少々甘くみているきらいがあった。

文学的には若年にしてすでに老成した感じさえ受けることもあるが、生活者としての面でみればはなはだ未熟であったと言わねばならない。生活苦というものが彼の上に重くのしかかっていた。日記にも、「ああ、死なうか、田舎にかくれようか、はたまたモツト苦闘をつづけようか？　この夜の想ひはこれであった。何時になったら自分は、心安く其日一日を送ることが出来るであらう。」「誰か知らぬまに殺してくれぬであらうか！　寝てる間に」

こうした状況にあった六月二十三日のことである。翌二十四日の日記、「昨夜枕につ いてから歌を作り始めたが、興が刻一刻に盛んになって来て、遂々徹夜。夜があけて、本妙寺の墓地を散歩して来た。たとへるものもなく心地がすがすがしい。興はまだつづいて、午前十一時頃まで作ったもの、昨夜百二十首の余。」翌日も続き、たった三日間で二百数十首もの大量の歌を作っている。小説は駄目だが、歌なら捨てるほど出来るのである。しかし歌がいくら出来ても生活の足しになるわけではない。啄木のいう「悲しき玩具」に過ぎない。辞世の歌はこの時つくられたのである。そして、啄木ならこの歌という「東海の歌」もこの時の作である。啄木の名がこの歌によって大衆に記憶され、永遠に生き続けるとすれば、不滅の生命を与えられたことになろう。そうした歌と辞世の歌が同じ時に作られていたということは、はなはだ興味深いことだと思う。

啄木の教育論

教育の現場はいま多くの問題をかかえているように思う。教師に対する生徒の暴力であるとか、また授業の崩壊、或いは、いじめの問題に登校拒否、そして国旗掲揚や国歌斉唱への抵抗。なぜ近年こうした荒廃を招く結果になったかを考えるとき、生徒は無論のこと、教師も保護者もすべてが戦後の教育によって育った年代であるということと無縁ではないように思う。

戦前の生徒には規律や礼節があったし、教師にも聖職者としての自覚と誇りがあった。教師からたとい子供が体罰を受けたとしても、学校へ抗議するようなことはなかった。悪いことをすれば、罰せられるのは当然だという認識があったからである。国旗や国歌の問題にしても、国民としては当然の行為であり、儀式などにはセットされるものである。かのオリンピックの表彰を見ればわかるように、国旗が掲揚され国歌が流れる、自国民ならば感動をよぶ場面であろう。こうした習慣に抵抗したり拒否するような国が他にあるとは思えない。

石川啄木は歌人として大衆に親しまれているが、歌ばかりでなく、文芸各分野に足跡を残している。エッセーなどにも優れたものがあり、「林中書」という文章の中で、「一国の将来を朴せんとすれば、先ずその国の少年を見るべし。其の少年の享けつつある教育を詮議すべきである。」また「教育の真の目的は人間を作ることである。」「知識を授けるなどは真の教育の一小部分に過ぎぬ」と言う。この一節は傾聴に値する。現在の教育に欠落している部分の指摘だと思うからである。徳育の養成なくしてわが国の将来に期待は持てないのではなかろうか。

歌集「一握の砂」のモデルについて

啄木の歌というのは、その性格として人事歌が主体となっていることもあって、彼と接触のあった多くの人々が歌われている。ここでは、特に歌集「一握の砂」についてその実態を調査してみた。短歌の解釈上そのモデルなどを詮索する必要はない、という論者もあるが、それは往々にして解釈というよりも、モデルの詮索の方に興味が移り、本末転倒といった事態を生むからだという。だがそうした危惧は鑑賞者個々の問題であって、皆が皆そのような事態に陥るとは思わない。私はモデルについては、解るものなら解ったほうがいいのだと考える。それは解釈する上で、より理解が深まると思うからである。

歌の中で名前が明確に出ているものは無論問題はないが、啄木の歌には、人、友、君、男、女、などがかなり出てくるのであって、こうした歌は簡単にモデルを特定することは出来ない。例えば次の歌などがそうである。

頬につたふ
なみだのごはず
一握の砂を示しし人を忘れず

この歌などは巻頭から二首目にあり、巻頭以下十首は大森浜での感慨を歌った歌であるから、モデルは函館での友人の一人に違いないとは思うが、そこまでで、個人を特定することは出来ない。したがって諸説が出てくるのも無理はない。国木田独歩の小説「運命論者」の中に出てくる人物ではないかとか、また、これは女性で釧路の梅川みさおだろう、といったようなことで、人によって様々なのである。したがって個人を特定することはまず不可能であろう。だが一方同じ人でも特定出来る歌もある。

わがために
なやめる魂をしづめよと
賛美歌うたふ人ありしかな

この歌に歌われている人はクリスチャンであろう。啄木が勤務した渋民小学校の教師に、上野さめというキリスト教徒がいたから彼女にちがいない。啄木は同一人を歌った歌は何首であっても、同じ場所に集めているから、例えば、三首のうち一首目と三首目が人物を特定することが出来るとすれば、二首目もまず同一人物であると思って間違いはない。

さて、「一握の砂」のモデルであるが、各章それぞれにかなりの相違がある。五章のうち、モデルが多くみられるのは、ふるさとを歌った「煙一、二」と、北海道流浪時代の歌で、「忘れがたき人人一、二」である。この二章からみれば他の三章は極端に少ない。ここで特記しておきたいのは、たった一年しか居住しなかった北海道流浪時代であるが、十七年を過ごした故郷（渋民、盛岡）のモデル数とほぼ同数だということである。北海道は啄木にとって歌材としての人材が豊富だったということであろうか、中でも彼の愛した智恵子、小奴の二人には、合わせて三十数首という圧倒的な歌数を残した。他にまだ巻頭以下の十首は函館の大森浜を歌った歌であり、これを加えれば、歌集「一握の砂」での北海道は最も重要な位置を占めていると言えよう。私はもし啄木が北海道流浪を経験しなかったとしたら、北海道の秀歌すべてを失うことになる。魅力あるこれらの歌を失って、はたして今日のような歌人としての名声を獲得できたかどうかはなはだ疑問だと思うのである。少々横道にそれたが、「一握の砂」の各章についてのモデルを見ることにしよう。

第一章「我を愛する歌」（数字は歌数）

母・カツ　四　父・一禎　一
妹・ミツ　一　妻・セツ　一
伊藤博文　一　桂太郎　一
（複数のモデル）　父と母　一
親と子　一

以上が明確になっているものである。他に問題になっている歌が二首あるがこれらについては後述したい。

第二章「煙一、二」

古木巌　二　冨田小一郎　一
友松等　一　美濃部三郎　一
姉・サダ　一　岡山儀七　一
板垣玉代　一　金田一京助　一

小林茂雄　一　妻・セツ　一
妹・ミツ　一　母・カツ　一
瀬川アイ　一　工藤千代治　二
三太　一　立花宗太郎　一
秋浜善右衛門　二　佐々木もと　一
瀬川彦太郎　一　金谷信子　一
堀田秀子　一　上野さめ　四
小沢恒一　一　沼田惣次郎　一
沼田イチ　一　高橋精一　一
高橋等　一
（複数のモデル）沼田惣次郎・イチ夫妻、
高橋精一・等兄弟の二首がある。この章にも一首問題の歌があるが、後述する。

第三章「秋風のこころよさに」
妻・セツ　一

（複数のモデル）父・母を歌った一首がある。モデルについてはこの第三章が最も少ない。

第四章「忘れがたき人人一、二」

妹・ミツ	一	岩崎正	三
高橋すえ	一	矢野万平	一
大島経男	一	芸者・万歳	一
吉野章三	三	海老名又一郎	一
小林寅吉	四	高田治作	一
沢田慎太郎	一	小国露堂	一
斎藤哲郎	二	藤田武治	一
妻・セツ	一	白石義郎	一
佐藤巌	一	近江ジン（小奴）	十二
菊池武治	一	芸者・市子	一
梅川ミサホ	一	宮崎大四郎	三

橘智恵子　　二十二　小野弘吉　　一
田中ヒナ　　一　　田中英　　　一
（複数のモデル）母と妻を歌った一首と、札幌の下宿、田中サト家の娘、ヒナ、英姉妹を歌った一首の二首がある。この章で問題になる歌は一首あるがこれも後述したい。

第五章「手套を脱ぐ時」
芸者小奴　　二　　斎藤佐蔵　　一
父・一禎　　一　　子・真一　　九
北原白秋　　一

この章も第三章に次いで歌われているモデルは少ない。この中にも小奴が歌われているが、なぜ第四章の「忘れがたき人人」の章に入れなかったという疑問はあるが、作者はたぶんこの二首は彼女と東京で会った時の歌であるから、北海道時代の歌と分離する考えがあったのであろう。
この各章を通じて歌われているモデルのランキングは次のようになっている。

一位　橘智恵子　二十二首
二位　近江ジン（小奴）　十四首
三位　長男・真一　九首
四位　母・カツ　八首
五位　父・一禎　五首
六位　妻・セツ　四首
六位　小林寅吉　四首
六位　上野さめ　四首
九位　岩崎正　三首
九位　吉野章三　三首
九位　宮崎大四郎　三首

（一首の中に複数の人物が詠まれているもの、例えば父母などについては分離してそれぞれの数に加えた。）

このランキングを見て感ずることは、上位三名はすべて女性が占めていることである。しかも橘智恵子と小奴は他を圧倒している。この事実は彼女らに対する啄木の関心の高さを示すものであろう。特に、橘智恵子には一章を提供し破格の待遇さえ与えているのである。

次に思うことは、啄木の家族は別にして北海道時代を歌った第四章「忘れがたき人人」でランクインしている人物が、六名いるのに対して、ふるさとを歌った第二章「煙一、二」で、ランクインしているのは、上野さめただ一人である。この事実は、歌集編集当時の啄木がふるさとの人々に対する関心の低さを示すものなのか、または歌材としての魅力に乏しい結果なのか私にはよくわからない。函館での親しい友人であった岩崎正、吉野章三、宮崎大四郎の三名は、共に三首ずつ詠んでいるが、これは偶然そうなったというよりも啄木の配慮によるものであろう。

また少々不思議に思うのは、金田一京助の場合である。中学時代から東京時代にかけて、物心両面であれほど世話になった先輩を詠んだ歌がただの一首しかないというのはどうしたことだろう。少なくとも宮崎と同等に三首くらいは詠んでほしかったと思う。というのも、金田一がこの歌集を読んだときに、一首しかないことを知り、多少の不満を持つと共に、淋しさを隠せないだろうと思うからである。そうした意味でのもう一人は野村長一である。彼も中学の先輩であり、啄木が上京した時には一方ならぬ世話になった人物である。だが彼の歌は一首もこの歌集にはないのである。金田一同様なにか裏切られたような感じがするのではないだろうか。他の友人達は歌数こそ一首であっても多くの友人が歌われているのを彼が目にすれば、決していい気はしないと思う。

啄木はこの歌集を編集するに際してかなりの歌を新たに作って加えている。したがって彼にその気さえあれば、野村への一首を加えることは可能だったはずである。新たに加えるということで言えば、生後間もなく死んだ長男、真一の場合がある。啄木は歌集の原稿を出版社東雲堂に渡していたが、校正刷が出来た頃にはすでに真一は死亡していたのである。彼は急遽、亡き子供のために八首を作って手向けた。これらの挽歌はぎりぎりのところで「一握の砂」の最後に追加されたのである。したがってもし、真一の命がもう少しあったら、子供を歌った歌は、

　十月の朝の空気に
　あたらしく
　息吸ひそめし赤坊のあり

真一の出生を詠んだこの一首だけだった。子供のことで言えば、長女京子は単独では全く歌われていない。この事実は、啄木の関心がこの時期子供にはなかったということ

であろう。ついでに言うと、彼の死後出版された第二歌集「悲しき玩具」は、「一握の砂」の場合とは違って、子供を詠んだ歌は二十一首もあるのである。時期によって歌材に変化のあることを示すものであろう。各章で後述するとした、モデル上の問題歌について以下に述べてみたい。

手が白く
且大なりき
非凡なる人といはるる男に会ひしに

この歌のモデルとされているのは、人によって様々であり、十指に余るのである。例えば、宮本吉次「啄木の歌とそのモデル」では、尾崎行雄としている。だがその根拠については全く延べられていない。「非凡なる」という一点で尾崎を該当者に選択したように思うが、これは後に尾崎自身が、「この歌は自分を詠んだ歌だ」というようなことを言ったことから、それを信じて尾崎をこの歌のモデルとしている人は他にもある。矢代東村などもそうである。

啄木の会った人で非凡だと思われる人は他にいくらもいるのである。岩城之徳「啄木歌集全歌評訳」によれば、「この歌が啄木が朝日新聞社に就職した直後の明治四十二年四月二十二日か二十三日の作であるので、これは啄木を校正係に採用した「朝日」の名編集長佐藤北江（真一）であろう。」としている。岩城氏は作歌時期が近いということから佐藤と判断したようである。だが佐藤にも私は多少の疑問を持つ。それは啄木が佐藤に初めて面接した日の日記（明治四十二年二月七日）に佐藤の印象を「初対面、中背の、色の白い、肥つた」と延べている。この記事で、「中背の」とあるから、まあ普通の身長であろう。「色の白い」人だというから手も白かったと思う。しかしつぎの「且大なりき」に疑問を持つのである。長身であれば、それなりに手も大きいと思うが、普通の人間で手ばかり大きいというのは少々考えにくい。とくに太った人は手もふっくらしているから大きくは見えないものだ。また「男に会いしに」と詠んでいるのも気になる。佐藤は啄木にとっては朝日新聞社に快く入社させてくれた恩人である。しかも社では直属の上司にあたる。そうした人物を普通の感覚では男という言葉は使わないものであろう。前記の初対面の印象で「武骨な人だった」とは書いているが「武骨な男だった」とは書いていない、この二点で私は納得できないのである。

この歌との関連で引用される文章に「手を見つつ」という原稿用紙にして六枚ほどの小品がある。「筋立たる己が手をつくづくと見つつ、ふと思出したることこそあれ。」という書き出しで、少年の頃の友人について書いているのである。必要な部分だけ引くと。「我に詩を教へ、書を読むの楽みを教へ、また、夜を徹して談れども尽きぬ青春の憧憬を教へたる、みな彼なりき。」「彼は我を見て弟と呼びぬ、我は兄とは思はざりき、しかしながら好きな友なりき。」「その手、白く、膚理あらく、而して大なりき。友には非凡なる人に見つべき性の多かりしか」

この部分の文章が「手が白く」の歌に関連していることは明らかである。この先を続けると、「一昨年の秋のはじめ、我、樺太の旅を了へての帰るさに、青森より汽車に乗りぬ。（中略）わが車窓の前に立ちて、汚れたる手套嵌めし左手を高くさし上げ、朗かに号笛を吹き鳴らしたる男あり。（中略）そは彼なり。」この引用文は事実を述べているわけではない。一昨年というと、啄木は小樽にいたのだし、樺太などに行ったこともない。したがってこの小文は創作である。彼が渋民小学校にいた頃の同級生から詩歌を教えてもらったこともない。盛岡中学に入ってからのことであろう。及川古志郎の紹介で金田一を知り、当時彼から詩歌の指導を受け、以来親しい友人として晩年までその関係は続いた。金田一は先輩であったから啄木を弟のように思っていたかもしれない。

また、樺太について関連のある人物は二人ある。その一人は金田一で、彼はアイヌ語の研究のために樺太に渡った。他の一人は斎藤大硯（哲郎）で彼を歌った一首がある。

樺太に入りて
新しき宗教を創めむといふ
友なりしかな

啄木が樺太を持ち出したのは、おそらくこの二人を脳裏に描いていたであろう。金田一は温和でやさしい秀才タイプの人物であって、非凡とか豪放といった類の人間ではない。では斎藤とはどのような人物だったのか、その経歴を一応見ておく必要がある。宮崎郁雨著「函館の砂」によれば、明治三年に弘前で生まれているから啄木より十六歳の年長である。早稲田を出て「日本新聞」に入社し、そこの通信員として台湾に赴任し、時の総督乃木希典将軍の知遇を得て将軍に深く私淑し、後年函館で少年乃木会を結成したり、乃木神社の建設に主導的役割を果たした。著書に「学制論」や「教育勅語に現れたる王」などがあり、文を能くし、書を能くし、達識弘弁にして、つとに高士の風格があったという。後に「函館日日新聞」再刊に際して復帰し、晩年は社会事業に携わって昭和七年六十三歳で没した。これはやはり凡庸の人物ではない。非凡な男であったのだろう。

また郁雨は、「もしこの歌が、北海回想の歌即ち「忘れがたき人人」の章に出て居るとしたら、私はまっ先に、当時の「函館日日新聞」社長兼主筆斎藤大硯を思出すに違いなかった」とある。啄木を大硯の新聞社に入社させたのは郁雨であるから郁雨は大硯と懇意な間柄であり、大硯という人物をよく理解していたであろう。その郁雨がこの歌を読んだとき、まっ先に大硯を思い出したと言うのであるから、「手が白く大きい」ことや、「非凡な人」という二点を郁雨が認めていることになると思われる。ただ問題は、啄木にとって大硯は上司であり、かなりの年長者でもある。「朝日新聞社」の佐藤と啄木との関係と、表面上はよく似ているが、大硯と啄木の場合は少々違っている。函館の大火で啄木は小樽に職を求めて移転したが、偶然にも大硯も小樽に来ていたのである。その間相互に訪問し合って親しい仲になっていた。日記にも、「大硯君来る」とか、「快男児大硯君」というように全て君で呼んでいる。これは啄木にとっては、話せる兄貴といった親しさからきたものであろう。したがって、大硯の場合は「非凡なる人といはるる男に会ひしに」と詠んでも、違和感はなく非礼にもならないように思うが、佐藤に対しては大硯との関係とは異なる。男と言ってはやはり非礼であろう。この創作の最後に鉄道員（車掌）が描かれているが、これは古木巌に違いない。

かの旅の汽車の車掌が
ゆくりなくも
我が中学の友なりしかな

啄木と中学同級であった古木は、事情があって啄木同様に五年生の秋卒業をまたずに退学して後に鉄道員になった。だが金田一の回想によれば、「快活、磊落、小柄のくせに意気が大きく」とある。小柄ということであれば「手が白く且つ大なりき」のモデルとしては適当でない。

「手が白く」の歌は明治四十二年四月二十二日か二十三日の作だという。一方小品「手を見つつ」は、啄木の日記によれば、翌五月五日に執筆されている。したがって一応、この創作は「手が白く」の歌がベースになっているものと考えられ、啄木が作歌時一人のモデルを脳裏に描いていただろうということはまず間違いないと思う。しかし「手を見つつ」という作品には前記したように、モデルとして金田一、大硯、古木の三名を示した。この三名から一人に絞るとすれば、斎藤大硯が最も適切な選択であろうと思われる。大硯と親しい郁雨は、北海道回想の歌を集めた「忘れがたき人人」の章に入っていれば、真っ先に大硯を思い出したと言うのだから、この歌のモデルとしてふさわしい人物だと考えていたことがわかる。大硯がこの歌のモデルならば、郁雨が言うように当然「忘れがたき人」の章に加えられていなければならない。しかしこの歌での大硯は主題ではない。作者が主題で、大硯はその材料に使われているにすぎないと私は思う。

啄木は徴兵検査でも、丙種合格といったきわめて貧弱な体格の持ち主であったから、身体については強いコンプレックスをもっていたはずで、大きい物に対する憧憬は常に抱いていたと考えられる。小説「我等の一団と彼」にもつぎの記述が見られる。「大きい手を欲しいね、大きい手を」突然私はさう言つた「僕はさう思ふね。大きい手だ。」ここにも啄木の「大きい手」に対する願望がのべられている。彼の手は体格に相応して小さかったことを物語っている。「手が白く且大なりき」の歌は、結句が「男に会ひしに」という切り方をして終わっている。ここが意味深長なところで、この後に啄木の感慨が続くのだと読める。つまり彼がこうした男に会って、大きな手を持つ人に対するコンプレックスなり、また願望なり憧憬を感じたわけで、これは啄木自身の問題が主題であるから、第一章「我を愛する歌」に入れたのは当然であったと思う。以上述べた点からこの歌のモデルは斎藤大硯が有力であると考える。岩城氏は作歌時期の近いことから佐藤を考えられたが、作歌時期の遠近で言えば、啄木が大硯に会ってからすでに二年は経過しているから、佐藤と比較すれば遠いということになるが、この歌の初出は「スバル」（明治四十二年の五月号）で、「莫複間」（六九首）中の一首として発表された。だがこの中には次の歌もある。

いたく錆びしピストル出でぬ
砂山の
砂を指もて掘りてありしに

この歌は函館の大森濱で遊んだ記憶を回想して詠んだ歌である。つまり「手が白く」の歌と同じ時の作であれば、作歌時啄木が函館を脳裏に描いていたことになる。ならばその時、大硯を思い出していたとしても不思議ではない。つまりモデルと会った時期の遠近には関係がないということになろう。

この歌に対しては、橋本威著「啄木一握の砂難解歌稿」で氏は詳細に検討し、かなりの頁を割いているが、結論として次のように述べている。「当時の啄木が、凡・非凡に関心を懐く対象は、矢張り、文学分野の、しかも、自分のライバルたり得る立場にいる、同年輩の人間だったのではなかろうか。」として、生田春月と内山舜を候補に挙げているが、私は同調しがたいように思う。なぜならば、啄木が生田春月に会ったのは春月十八歳のときで、啄木は六歳上の二十四歳であった。十八と言えば、まだ中学を出るか出ないかといった年代であり、雑誌などに投稿していたようだが、まだ文学好きの少年に過ぎない。啄木はすでに詩集、歌集を出し、社会的にも文学的にも実績のある文学者であるから、春月少年が橋本氏の言われるような、啄木にとって「ライバルたり得る立場」にあったとはとうてい考えにくい。

では内山舜のほうはどうか。啄木は彼との初対面の印象を日記につぎのように綴っている。「よく喋る立て続けに喋る。まるで髭を生やした豆造のやうだ。背も低い。予の見た数知れぬ人のうちにこんな哀れな人はなかつた。」ここには内山に対する蔑視があるだけなのだ。「背も低い」と書いているのは、啄木に優越感があるようにも読める。自分よりもまだ背が低いと感じたのではなかったか。いずれにしてもこの記事からは、「白い大きな手」とか、「非凡な人」といった感想を啄木が持ったとは私には思えないのである。

これら以外にこの歌にはまだ多くのモデルが提示されている。池辺三山、山県勇三郎、森鷗外、上田敏などであるが、これらの人物は皆社会的地位の高い人たちであるから、啄木が「男」などとは言えないと思われる。最後に有力な人物が残っている。それは高村光太郎である。中島嵩「続私論・石川啄木」で氏は高村光太郎を強く推している。光太郎は彫刻家として、また詩人として名を成した。啄木とは「新詩社」の関係で互いに会ってはいたが、親しい関係にはならなかった。光太郎の方で啄木に関心がなかったからである。しかし、光太郎は身体も大きく、特に手の大きさには定評があった。彼は彫刻家であるから、職業的にも粘土を常時使用する関係で手も大きくなったであろうし、また手のひらも白くなったと思う。彫刻にしても詩にしても一流の実績を持つだけに凡庸の人物ではない。非凡と言ってもいいように思う。したがってこの歌のモデルと考えるのはごく自然であってよく理解できるのである。だが私は、散文「手を見つつ」との関連がないことから、斎藤大硯を第一候補にしたのである。もしこの文章がなかったら私も高村光太郎を推したと思う。この両者に絞れるとは思うが、断定するまでには至っていない。

大いなる彼の身体が
憎かりき
その前にゆきて物を言ふ時

この歌も前記した「手が白く」の歌同様に、啄木の身体的コンプレックスを詠んだ歌に相違ない。何しろ啄木の体格というのは、男子としては貧弱で、身長一五八センチ、体重四五キロと言うから、今では女性並みと言ったところであろう。この歌にも二、三のモデルが提示されているが、私が初めてこの歌を読んだ時、すぐ脳裏に浮んだのは、啄木が上司に呼ばれてその前に立っている姿であった。「その前にゆきて」と言う句で、そんな気がしたのである。この場景から朝日新聞社内での場面が想像された。金田一は佐藤を推しているようだが、啄木が佐藤について「中背」だと日記に書いているからこの歌のモデルとしては適当でない。

他の一人は主筆の池辺三山である。大田愛人「石川啄木と朝日新聞」によれば「三山の態度や体が大きかったことは西郷に比較され、漱石に朝日入社を勧めに来た三山を見て、漱石は、「余は自分の前にいる彼と西郷隆盛を連想し始めた。」とあるが、池辺三山の写真を見ると確かに大きい。しかも他を威圧する風格を備えている。啄木は三山の前に立ち、身体的コンプレックスを感じると共に、圧迫されることを極端に嫌う彼だが、流石の啄木も三山の威圧には抗すべくもなかったであろう。「憎かりき」からそうした感情が読み取れる。この歌のモデルは池辺三山が適切であって他の人物は考えにくい。

わが恋を

はじめて友にうち明けし夜のとなど
思ひ出づる日

宮本吉次「啄木の歌とそのモデル」では、この歌の友は瀬川深となっている。また、岩城之徳「啄木歌集全歌評訳」ではモデルについて言及していない。小沢恒一「石川啄木」に次の記述がある。「田村という啄木の姉さんの家であったかと思う。その家の二階に啄木が一人でおったが、(中略)絶対秘密で誰にも口外してくれるな、という条件のもとに打ち明けられたのがこの初恋の問題であった。」という。また、伊東圭一郎「人間啄木」によると、「啄木から節子さんとのことを打ち明けられたのは、瀬川深さんも小沢恒一さんも私も同じこころのようだが、」とある。私はこの二人の記述から、瀬川、小沢、伊東の三人がモデルとして考えられるが、小沢の記述に「絶対秘密で誰にも口外してくれるな」とあり、伊東のほうには特に条件などは書かれていないので、啄木が最初に話したのは小沢ではないかと思う。小沢に口止めはしてみたものの、結局、瀬川、伊東などに話しているのをみると、嬉しさを隠せなかったのであろう。以上の理由から私は小沢をモデルとするのがいいように思った。

啄木の秀歌

秀歌は優れた歌であることは無論だが、また多くの人に親しまれ支持されている歌でもあろう。私は以前、啄木の二歌集「一握の砂」と「悲しき玩具」に収録された七四五首の中から、秀歌ということで百首を選出したことがあった。その時の経験では、五、六十首前後は無理なく選べるが、百首を揃えるのにかなり苦労して後の四十首を採ったように記憶している。

その後ある必要から、歌人や啄木研究者で、啄木短歌の百選をした前例はないか調べた結果、四氏に百選のあることがわかった。それは啄木研究者の遊座昭吾、中島嵩、歌人の大西民子、俵万智の四氏である。この四名に私を加え五名による選歌状況の調査をしてみたのである。その結果はつぎのようになった。五名全員が採った歌（満票）は十六首、四名がやはり十六首、三名は二十二首であった。五名中三名が採った歌、つまり過半数を超えたものは一応秀歌と考えていいのではないかと思うのである。この基準によって、三名以上が採った歌を合計すると五十四首という数が出た。この数は、私が前に述べた「五、六十首は無理なく選べるが」という数字に大体一致していたのである。この数値は、二歌集の収録歌数である七四五首に対して約十三、四首に一首が選ばれている計算になる。秀歌と判断出来る歌というのはそんなものではないかという気がするのである。したがって一応妥当な数値であろうと考える。

だが選者が五名というのはいかにも少数である。これがもし数十名以上になった場合はどのような結果が出るのか、その点にいささかの不安を残した。この疑問を解決すべく私は、各種の短歌雑誌や文献で、秀歌と考えられる歌とか、あなたの好きな歌、といった設問に答えたもの、これも一首あるいは五首など様々であるが、こうしてとにかく延べにして一八四名という多数を集めることができた。その選出された歌は三五五首に達した。延べと書いたのは、同一人で数誌の設問に答えている人がかなりあるからである。そうした場合、必ずしも同じ歌ばかりとは限らないので、そのまま全部集計することにした。選出歌の内訳を見ると「一握の砂」から二七三首、「悲しき玩具」は八十二首であった。この選歌では両歌集ともに四割強が選ばれていることになる。私の予想を遥かに越えるものであった。その原因を考えてみると、選者数が多くなればなるほど、選者の嗜好も多様化してくるわけだから、選ばれる歌も拡大してくることは充分考えられる。また選者の人生経験と重なるような歌などは秀歌というほどの歌でなくとも選ばれやすい。まあその他色々の要素が考えられるので選歌数の増加は当然なのかもしれない。この集計結果で「一握の砂」の各章別の選歌状況を調べると次のようになった。「我を愛する歌」六四首、「煙」五四首、「秋風のこころよさに」が二十四首で、「忘れがたき人々」は最も多く七十首、「手套を脱ぐとき」は五十九首であった。しかし意外だったのは、最高に票を集めた歌でも僅かに二八票にすぎず、二十票以上でさえただの三首だけだったのである。十票以上は二十首で、五票以上は四十二首となっている。残りが四票から一票まで広く分散しているわけである。この結果をみても、選者の嗜好がいかに多岐に渡っているかを示すものであり、また考えようによっては、啄木の歌というのは、どれを採っても大差ないことの現れなのかもしれない。以上が大体多数の場合の集計結果である。では最初に選者五名の選歌で全員が採った歌というのはどのようなものだったかを見よう。

一、A「五名による選歌」（満票十六首）

（○印は五名選と多数選が共に採った歌）

○東海の小島の磯の白砂に
われ泣きぬれて
蟹とたはむる

○砂山の砂に腹這ひ
初恋の
いたみを遠くおもひ出づる日

○いのちなき砂のかなしさよ
さらさらと
握れば指のあひだより落つ

○友がみなわれよりえらく見ゆる日よ
花を買ひ来て
妻としたしむ

○不来坊のお城の草に寝ころびて
空に吸はれし

十五の心

○病のごと
思郷のこころ涌く日なり
目にあをぞらの煙かなしも

○かにかくに渋民村は恋しかり
おもひでの山
おもひでの川

○石をもて追はるるごとく
ふるさとを出しかなしみ
消ゆる時なし

○やはらかに柳あをめる
北上の岸辺目に見ゆ
泣けとごとくに

○ふるさとの山に向ひて
言ふことなし

ふるさとの山はありがたきかな
○函館の青柳町こそかなしけれ
友の恋歌
矢ぐるまの花
○かなしきは小樽の町よ
歌ふことなき人人の声の
荒さよ
○しらしらと氷かがやき
千鳥なく
釧路の海の冬の月かな
○手套を脱ぐ手ふと休む
何やらむ
こころかすめし思ひ出のあり
○呼吸すれば
胸の中にて鳴る音あり

凩よりもさびしきその音！
○百姓の多くは酒をやめしといふ。
もつと困らば、
何をやめるらむ。（以上十六首満票）

二、A「一八四名の選者による上位十六首」

○やはらかに柳あをめる
北上の岸辺目に見ゆ
泣けとごとくに
○東海の小島の磯の白砂に
われ泣きぬれて
蟹とたはむる
○函館の青柳町こそかなしけれ
友の恋歌
矢ぐるまの花

○いのちなき砂のかなしさよ
さらさらと
握れば指のあひだより落つ

○不来坊のお城の草に寝ころびて
空に吸はれし
十五の心

○友がみなわれよりえらく見ゆる日よ
花を買ひ来て
妻としたしむ

○病のごと
思郷のこころ涌く日なり
目にあをぞらの煙かなしも

○ふるさとの山に向かひて
言ふことなし
ふるさとの山はありがたきかな

○砂山の砂に腹這ひ
初恋の
いたみを遠くおもひ出づる日
○手套を脱ぐ手ふと休む
何ならむ
こころかすめし思ひ出のあり
○子を負ひて
雪の吹き入る停車場に
われ見送りし妻の眉かな
○さいはての駅に下り立ち
雪あかり
さびしき町にあゆみ入りにき
○たはむれに母を背負ひて
そのあまり軽きに泣きて
三歩あゆまず

○しらしらと氷かがやき
千鳥なく
釧路の海の冬の月かな
○ふるさとの訛なつかし
停車場の人ごみの中に
そを聴きにゆく
○汽車の窓
はるかに北にふるさとの
山見え来れば襟を正すも

以上が選者多数の場合の上位十六首であるが、五名選と比較すると、選ばれた共通の歌は、十一首であった。したがって残りの五首が違った歌をそれぞれ選んだことになる。だがその三分の二強が共通して選ばれた歌というのは文句なく秀歌と言える歌であろう。残りの五首にしても大衆に浸透したいい歌にちがいないから、以下に述べるB群、C群の選歌によって埋められることになろう。

一・B「五名中四名が採った歌」（十六首）

○新しき明日の来るを信ずといふ
　自分の言葉に
　嘘はなけれど

○己が名をほのかに呼びて
　涙せし
　十四の春にかへるすべなし

○かなしくも
　夜明くるまでは残りゐぬ
　息きれし児の肌のぬくもり

○汽車の窓
　はるかに北にふるさとの山見えくれば
　襟を正すも

○さいはての駅に下り立ち

雪あかり
さびしき町にあゆみ入りにき
○潮かをる北の浜辺の
砂山のかの浜薔薇よ
今年も咲けるや
○たはむれに母を背負ひて
そのあまり軽きに泣きて
三歩あゆまず
○何となく、
今年はよい事あるごとし。
元日の朝晴れて風なし。
○庭のそとを白き犬ゆけり。
ふりむきて、
犬を飼はむと妻にはかれり。
○はたらけど

はたらけど猶わが生活楽にならざり
ぢつと手を見る

・馬鈴薯のうす紫の花に降る
雨を思へり
都の雨に

・人がみな
同じ方角に向いて行く。
それを横より見ている心。

◯ふるさとの訛りなつかし
停車場の人ごみの中に
そを聴きにゆく

・やはらかに積れる雪に
熱てる頬を埋むるごとき
恋してみたし

・脈を取る看護婦の手の、

あたたかき日あり、
つめたく堅き日もあり。
・眼閉づれど、
心にうかぶ何もなし。
さびしくも、また、眼をあけるかな。

以上四名が採った十六首である。これに対して多数の選者による十七位から三十二位までの十六首をつぎに掲げる。

二、B「多数選十七位から三十二位」（十六首）

○潮かをる北の浜辺の
砂山のかの浜薔薇よ
今年も咲けるや
○こころよく
我にはたらく仕事あれ

それを仕遂げて死なむと思ふ

○石をもて追はるるごとく
ふるさとを出しかなしみ
消ゆる時なし

○己が名をほのかに呼びて
涙せし
十四の春にかへる術なし

○かなしきは小樽の町よ
歌ふことなき人人の
声の荒さよ

○父のごと秋はいかめし
母のごと秋はなつかし
家持たぬ児に

○はたらけど
はたらけど猶わが生活楽にならざり

ぢつと手を見る

・赤紙の表紙手ずれし
国禁の
書を行李の底にさがす日

○かにかくに渋民村は恋しかり
おもひでの山
おもひでの川

・世の中の明るさのみを吸ふごとき
黒き瞳の
今も目にあり

○新しき明日の来るを信ずといふ
自分の言葉に
嘘はなけれど

・君に似し姿を街に見る時の
こころ踊りを

あはれと思へ
・わかれ来てふと瞬けば
ゆくりなく
つめたきものの頬をつたへり
○しんとして巾広き街の
秋の夜の
玉蜀黍の焼くるにほひよ
・宗次郎に
おかねが泣きて口説き居り
大根の花白きゆふぐれ
・頬の寒き
流離の旅の人として
路問ふほどのこと言ひしのみ

以上が十七位以下の十六首である。これらの歌は上位の三十二首に入っている歌だけにやはり秀歌と言える歌であろう。このあと五名のうち三名が採った歌二十二首と多数選の三十三位から五十四位までを列記する。

一、C「五名中三名が採った歌」（二十二首）

・あたらしき背広など着て
旅をせむ
しかく今年も思ひ過ぎたる

・石狩の都の外の
君が家
林檎の花の散りてやあらむ

○一隊の兵を見送りて
かなしかり
何ぞ彼らのうれひ無げなる

○神無月
岩手の山の

初雪の眉にせまりし朝を思ひぬ
・今日もまた胸に痛みあり。
死ぬならば
ふるさとに行きて死なむと思ふ。
○霧ふかき好摩の原の
停車場の
朝の虫こそすずろなりけれ
○子を負ひて
雪の吹き入る停車場に
われ見送りし妻の眉かな
○こころよく
我にはたらく仕事あれ
それを仕遂げて死なむと思ふ
・小奴といひし女の
やはらかき

耳朶なども忘れがたかり
○しんとして幅広き街の
秋の夜の
玉蜀黍の焼くるにほひよ
・空知川雪に埋れて
鳥も見えず
岸辺の林に人ひとりゐき
・旅の子の
ふるさとに来て眠るがに
げに静かにも冬の来しかな
○父のごと秋はいかめし
母のごと秋はなつかし
家持たぬ児に
・友も妻もかなしと思ふらし
病みても猶、

革命のこと口に断たねば。
・夏休み果ててそのまま
かへり来ぬ
若き英語の教師もありき
○平手もて
吹雪にぬれし顔を拭く
友共産を主義とせりけり
・ふるさとの寺の畔の
ひばの木の
いただきに来て啼きし閑古鳥
・ほたる狩
川にゆかむといふ我を
山路にさそふ人にてありき
○マチ擦れば
二尺ばかりの明るさの

中をよぎれる白き蛾のあり
・みすぼらしき郷里の新聞ひろげつつ、
誤植ひろへり。
今朝のかなしみ。
○みぞれ降る
石狩の野の汽車に読みし
ツルゲエネフの物語かな
・世におこなひがたき事のみ考へる
われの頭よ！
今年もしかるか。

以上が五名中三名が採った二十二首である。次に多数選者の場合を示す。

二、C「多数選三十三位から五十四位」（二十二首）

・山の子の

山を思ふがごとくにも
かなしき時は君を思へり

○呼吸すれば、
胸の中にて鳴る音あり。
凩よりもさびしきその音。

・京橋の滝川町の
新聞社
灯ともる頃のいそがしさかな

・かなしくも
夜明くるまでは残りゐぬ
息きれし児の肌のぬくもり

・秋の空廓寥として影もなし
あまりにさびし
鳥など飛べ

・浅草の夜のにぎはひに

まぎれ入り
まぎれ出で来しさびしき心
・一隊の兵を見送りて
かなしかり
何ぞ彼等のうれひ無げなる
・かの時に言ひそびれたる
大切の言葉は今も
胸にのこれど
○神無月
岩手の山の
初雪の眉にせまりし朝を思ひぬ
○霧ふかき好摩の原の
停車場の
朝の虫こそすずろなりけれ
・こころよき疲れなるかな

息もつかず
仕事をしたる後のこの疲れ
・死にし児の
胸に注射の針を刺す
医者の手もとにあつまる心
○庭のそとを白き犬ゆけり。
ふりむきて、
犬を飼はむと妻にはかれる。
・はたはたと黍の葉鳴れる
ふるさとの軒端なつかし
秋風吹けば
・馬鈴薯の花咲く頃と
なりにけり
君もこの花を好きたまふらむ
・頬につたふ

なみだのごはず
一握の砂を示しし人を忘れず
○みぞれ降る
石狩の野の汽車に読みし
ツルゲエネフの物語かな
○何となく、
今年はよい事あるごとし。
元日の朝、晴れて風なし。
○百姓の多くは酒をやめしといふ。
もつと困れば、
何をやめるらむ。
○平手もて
吹雪にぬれし顔を拭く
友共産を主義とせりけり
・船に酔ひてやさしくなれる

いもうとの眼見ゆ
津軽の海を思へば
○マチ擦れば
三尺ばかりの明るさの
中をよぎれる白き蛾のあり

以上が五名選と多数選の秀歌各五十四首である。両者を比較してみると、上位に入っている歌はやはり共通しているということである。したがってこれらは文句なく秀歌と考えていい歌であろう。両者で共通して採られていない歌が各十七首あったから、あとの三十七首は共通して採られた歌で、五十四首中三十七首は過半数以上であり、まず妥当な数値であると考える。ただ五名選で、私はいい歌だと思っている歌二首が採られていないことに少々不満であった。

・宗次郎に
おかねが泣きて口説き居り

大根の花白きゆふぐれ

・頬の寒き
流離の旅の人として
路問ふほどのこと言ひしのみ

この二首である。多数選では二首共にB群の中に入っている。また、はたしてこの歌が秀歌と言えるかどうか、疑問に思う歌もあった。五名選では次の一首である。

・世におこなひがたき事のみ考へる
われの頭よ
今年もしかるか

多数選でも三首ほどある。

・京橋の滝川町の

新聞社
灯ともる頃のいそがしさかな
・馬鈴薯の花咲く頃と
なりにけり
君もこの花を好きたまふらん
・こころよき疲れなるかな
息もつかず
仕事をしたる後のこの疲れ

これらの歌はどうみても秀歌とするのに私は少々抵抗を覚えるのである。他にまだいい歌があると思うからである。また、意外だったのが、大衆の間にもよく知られている次の二首などは多数選のC群に入っているが、五名選では採られなかった。

・船に酔ひてやさしくなれる
いもうとの眼見ゆ

津軽の海を思へば
・頬につたふ
なみだのごはず
一握の砂を示しし人を忘れず

啄木の歌というのは、彼が「一握の砂」の出版に際して雑誌「スバル」へ出した広告で、「率直に、飾らずに」詠んだ歌だと述べている通り、一読明快な歌がほとんどであるだけに、多くの人々に支持されてきたのであろう。親しめる歌が多いように思う。

啄木短歌の虚構とその解釈

啄木の短歌に対する基本姿勢は、彼の日記や書簡などで述べられているものから知ることが出来る。そのなかでもよく知られているものに中学の友人瀬川深に宛てた書簡がある。

「平生意に満たない生活をしているだけに（中略）刹那刹那の自己を文字にして、それを読んでみて僅かに慰められる、随って僕にとつては、歌を作る日は不幸な日だ。（中略）正直に言へば、歌なんか作らなくてもよいやうな人になりたい。」この書簡でさらに、「僕の今作る歌は極めて存在理由の少ないものである。（中略）作つても作らなくても同じことなのだ。（中略）僕の今の歌は殆ど全く日記を書く心持で作るのだ。」また「歌など真面目に作る気にならない」とか「へなぶってやった」などとも言っている。

ここに述べられていることを要約すれば、彼の言う「歌は私の悲しき玩具である」という言葉が、啄木の短歌を象徴していると言える。

斎藤茂吉の「実相観入」をふまえた写生に徹するという真剣な作歌態度とは、いささか隔たりがあるようである。おそらく著名な歌人のなかでは、啄木が最も歌を軽視して名を成した歌人のように思う。彼は定職を持たぬまま上京し、詩歌などにいくら力を入れてみても生活の糧にはならぬことは承知していたから、小説で生計をたてようとしたが、その努力も空しい結果に終わった。彼が考えていたほど甘くはなかったのである。そんな状況の中で、歌ならいくらでも出来るのであった。「何を見ても何を聞いてもみな歌だ」という連想の豊かさを駆使して、一晩に百数十首の歌を作った。

こうした歌の軽視や多作という作歌態度であれば、すべて真実ばかりが歌われているとは限らない。虚構の混入する可能性は高いと考えられる。事実虚構を指摘されている歌はかなりある。そうした歌について少々述べてみたい。

ふるさとに入りて先づ心傷むかな
道広くなり
橋もあたらし
（初出「東京朝日新聞」明治四十三年八月十一日）

啄木は明治四十一年四月二十四日、函館の宮崎郁雨に家族を託し、文学的運命を試す決意で上京したが、それ以来ふるさとに帰郷したことはなかった。したがって、この歌は実景を詠んだように歌っているが虚構ということになる。

わがあとを追ひ来て
知れる人もなき
辺土に住みし母と妻かな
（初出、「すばる」明治四十三年十一月号）

当時函館には節子夫人の伯母一方井なか子と、妻の父の従弟、村上裕兵も居住していたから「知れる人もなき」ではなかった。この歌の場合、知人のないことにしたほうが効果的であると考えたのであろうが、事実関係からすればやはり虚偽ということになる。

こころざし得ぬ人人の
あつまりて酒のむ場所が
我が家なりしかな
（初出、「すばる」明治四十三年十一号）

この歌は、啄木の函館時代青柳町に住んでいたが、毎日のように友人達が集まって、文学談や恋愛談などで楽しい日々を送っていた。しかし、「酒のむ」という部分について、宮崎郁雨は、「当時啄木の家に集まる程の人々の実態は、しばしば酒をのむなどの余裕は持てなかった。」「同人達の集まりには精々南部煎餅をかじる程度で葛柏や夏みかんなどは稀に出るご馳走であった。」ということで、郁雨以外は啄木同様みな貧しい青年だった。作歌時啄木は、談論風発、和気あいあいといった座に、蜜柑やせんべいではいささか子供じみていると思ったのであろう、ここはやはり若者らしく酒にしたほうがいいと考えたに違いない。郁雨の証言からすれば「酒のむ」は虚構ということになる。

敵として憎みし友とやや長く
手をば握りき
わかれといふに
（初出、「明星」明治四十三年十一月号）

この歌は当時啄木が勤務していた「小樽日報」の事務長、小林寅吉（後に代議士中野寅吉）がモデルだとされているが、後にある人がこの歌を小林に見せたところ、「インチキもはなはだしい。啄木が社を辞めてから一回も会ったことがないのに、握手など出来るはずがない。」と言ったという。小林の談話が真実であるならば、この歌も虚構に違いない。

ここで私が標題に掲げた「虚構とその解釈」の部分について述べてみたい。短歌に限らず作品というものは、何らの予備知識をも必要とせず、作品それ自体によって解釈なり鑑賞なりがされるべきものだと思っている。なぜならば、作者はそうした予備知識を当てにして作品を作っているとは思わないからである。例えば、絵画展覧会を見に行って気に入った風景画があったとしよう。この場合作者について何も知らず、この風景が何処なのかもわからず、現場で書かれたのか、またアトリエで作成されたものかなど、この絵以外のことについての知識は全くなかったとしても、作品の鑑賞には何の障害もないのである。

また一方、この作者をよく知る人がこの絵を見た場合、この画家は度々伊豆へ行っているからこの風景も伊豆のどこかを描いたと思う。以前の作品は少し暗い感じのものが多かったが、最近は明るい色調になってきた。彼は現場主義だから、この絵も現地で制作したに違いない。こうした知識は作家研究の立場からの鑑賞態度であろうが、一般の鑑賞者に必要なものではない。作品自体による鑑賞でいいのだ。歌の場合でも同じことが言えるのではないだろうか。

そうした観点からすれば、次の一首などは疑問が残るのである。

人ひとり得るに過ぎざる事をもて
大願とせし
若きあやまち
（初出、「明星」明治四十一年十月号）

宮崎郁雨は啄木から節子夫人とは、熱烈な恋愛によって結ばれたことを聞かされていたから、この夫婦を羨望のまなざしで見ていたという、その結婚が「若きあやまち」だったというような歌を見せられたときの彼は「その時の混迷を、今でも忘れることが出来ない」というほどのショックを受けたのである。そして次のように述べている。「彼と節子さんとの恋愛は、果たして若きあやまちであったろうか。これが単なる彼の恋愛観の転移として看過さるべきものであろうか。私は詩人の境域に踏入るには余りに常凡な自分の資質を歎じながらも、結局はこの歌に底流する恋愛の真実に対する裏切りを憎まずには居れなかったのである。」（函館の砂）この記述から、郁雨はこの歌に歌われていることをそのまま受け取っていることがわかる。これに対して、岩城之徳氏の解釈を引いてみよう。「宮崎郁雨はこの歌を啄木の過去の恋愛に対する悔恨の歌と見て、その真実に対する裏切りを非難している。しかしこの歌は啄木がその妻となった節子との若き日の恋愛を悔恨している歌ではなく、むしろ肯定し満足している歌と解釈したい。それは歌稿、初出歌共に結句が、「あやまちは好し」と言い切っているからである。」と述べられている。岩城氏は歌稿や初出歌が「あやまちは好し」という肯定の歌になっているからこれは肯定の歌と理解すべきで、否定の歌と解釈した郁雨の理解は間違いだ、ということを述べているものと思う。

啄木が歌稿の歌を歌集に収録する際、「あやまちは好し」では満足できず、推考を重ねた結果「若きあやまち」に改め、歌意が原歌とは違ってしまったが、歌としての完成度に満足して歌集に収録したのであろう。ならば「あやまちは好し」を作者は捨てたのである。したがって作者が捨てたものを拾い上げて解釈するというのはいかがなものであろうか。決して作者の意に添う解釈とは思えない。つまり私が絵画を例に引いて述べたように、郁雨は歌に歌われていることをそのまま解釈しているのに対し、岩城氏は啄木の歌についての知識によって、歌自体とは別の解釈をされているわけである。研究ということであればそうした知識も必要であるとは思うが、歌の解釈ということでは作者の意に添わぬ結果を招くようにも思う。

啄木は推敲するにあたり、事実を犠牲にしても歌として完成度の高いほうを採用していることがわかる。歌集の歌は、啄木が最終的に決定した作品であるから、歌われているることをそのまま素直に解釈することが、作者の意図に添うことになるのではないだろうか。

「あとがき」にかえて

啄木と私

この本については最初から出版を予定していたわけではなかった。というのは、旧著「啄木断章」を出したとき、その「あとがき」で、体調や年齢的なこともあって、「これが最後の本になることだろう」ということを書いた。しかし日時の経過と共に、ある不満が生じた。それはこれまで長年にわたって啄木に親しんで来たにもかかわらず、彼の全体に触れていないという反省であった。その不満を解消するためには、啄木生涯の伝記を書く必要があるわけだが、この仕事は云うほど簡単な作業ではない。しかも高齢と云われる年で、体調にも不安を抱える身が、はたして最後まで体力や根気が続くのだろうか、という懸念は強くあったが、とにかくやれるところまでやってみようということで、執筆を決意したのが平成九年の六月で、以来一年八ヶ月の苦闘のすえに何とか「漂泊の人」（実録石川啄木の生涯）は完結したのであった。このとき強く感じたことは、意欲を失わないと言うことであり、意欲さえあれば何とかなるものである、ということを学ぶことができた。私は文学の専門家ではないから、不足な点は多々あろうとは思うが、読者から、「一気に読んだ」とか「大変面白く読んだ」といった感想を多く寄せられたこともあって、著者としてはその苦難の日々が報われたことに感謝している。

さて、前著についてちょっと触れたのは、今度の著書も意欲の結果の書であることを言いたかったからである。私は二年前に胆嚢炎胆官炎で入院手術を受け、昨年はまた肺腫瘍手術と心不全で入退院を繰り返すといった有様で、本来ならば啄木どころの話ではなかった。すでに集大成ともいえる伝記「漂泊の人」を書いていたから、このあたりで啄木と決別してもいいようにも思ったが、「啄木断章」以後に発表した小論が十数篇あった。そのなかには二三私にとって愛着のある論考もあり、このまま捨て去るのも惜しまれ、後で後悔するのではないか、という不安もあった。その時ちらっと頭をよぎったのが「漂泊の人」を書いた日々のことであった。術後のことでもあり、体調が整わぬ状況ではあったが、幸いなことに僅かながら意欲を残していた。しかし今年八十四歳という年齢からして、明日さえ保証されぬ身であるから、できるだけ早いうちに新著を出したいと考え、昨年秋からその準備に入ったのである。だが視力もかなり落ちてきているので、原稿の整理にも苦労するようになっていて、すぐに疲れが出るので仕事は遅々として進まず、体調と相談しながら初出原稿で不満な部分は削除、加筆をするといった作業のくり返しが多く、日に一枚から一枚半程度がやっとといった有様であった。それでもなんとかこの「あとがき」の書ける日を迎えることが出来たのである。

私は啄木に関わるようになってすでに四十余年の歳月が流れた。そのなかでいつも感じることは、啄木研究者というのはどうしてこうも多いのかということである。歌人としては無論のこと、おそらく文学者の中でも研究者の多いことでは上位に入るのは確実であろう。したがって毎年出る啄木関係の書籍や、新聞雑誌に発表される論文は膨大な量であって、各方面に渡って研究されているわけだから、文学の専門家でもない私のようなものが入り込む余地は、はなはだ厳しいものがある。だが一方部外者だけに周囲をあまり気にすることなく書けるという利点もあるように思う。

僅に二十六年二ヶ月ほどの生涯で、しかも文学に費やしたのは、たった十年に過ぎない啄木が、まだ研究され尽くされていないということは不思議にさえ思うのである。死後その人間の価値が定まるとすれば、啄木はやはり偉大な存在であったと言うべきであろう。彼は一応歌人として著名な存在ではあるが、歌そのものではまだ他に優秀な歌人はある。だが短歌が持つ従来の枠を破って歌材を拡大したという歴史的意義は重要であり、誰にでも出来る仕事ではない。しかし、私は彼の歌もいいが、評論や日記、書簡などにより多くの興味を覚える。彼の苦悩とか先見性がよく出ているし、啄木の内面を覗けるような気がするからである。

彼が並の人間ではないと思うのは、その残された書簡数にある。その数五百十二通（昭和五十四年五月、筑摩書房版「石川啄木全集」第七巻書簡集）その後もかなり増加しているようだが現在の確実な数は調べていない。いずれにしてもこの書簡数というのは、長生きした大文豪ならばともかく、当時一部の人にしか知られていなかった啄木の書簡を長期間保存し所有されていたということは、私には奇跡としか思えない。この数値が並外れて高いものであることは、他の文学者の啄木と同じ二十七歳までに残されている書簡数と比較すれば明らかになる。例えば、後に文学者として名を成した森鷗外が七通、夏目漱石三十四通、島崎藤村四十六通、歌人として著名な斎藤茂吉九十六通、芥川竜之介二三一通、などである。この中では芥川竜之介が抜群に多いが、それでも啄木に比べれば半数以下なのである。将来大成する可能性のある人物の書簡ならば、保存しておきたいと考えても不思議ではないが、啄木は大成する以前にこの世を去った人間であることに留意すれば、こうした大量の書簡が残っているというのは、私が前に奇跡だと書いた理由も納得されると思う。啄木の場合はやはり手紙の内容そのものに残される要因があったのではないだろうか。彼はしばしば長文の手紙を書いたし、内容にも興味深いものが多いように思う。したがって、捨て去るのが惜しまれて残されたのであろう。啄木にとっては雲の上の著名な、「姉崎正治」東大教授（四通）とか「森鴎外」軍医総監・作家（五通）のような人物でさえ啄木の書簡を後々まで保存していたという事実は、手紙の内容以外に残す理由は考えにくいように思う。私が特に啄木の書簡について触れたのは、啄木に関係するようになって、彼の作品に驚かされたことはなかったが、この書簡数には全く脱帽した。

しかし私は啄木の全てに好感を持っているわけではない。普通作家を好きになる場合、人物も作品も、丸ごと好きになるものだと思うが、私も最初はそうであった。だが啄木の全貌が明らかになるにつれて、生活者としての彼に失望する事柄が多くなっていった。はなはだ欠点の多い人物であることがわかったからである。しかしだからと言って彼の作品は全く別で、こうして長年彼とつきあっているのだから嫌いなわけはない、文句なく好きなのである。一言でいうと、啄木というのは、文学者としては、若年にしてすでに老成した作家といった印象さえ受けることもあるが、生活者としては、はなはだ未熟であったといえよう。

　多分終戦後まもなくだったと記憶するが、市立函館図書館で啄木祭といった催しがあって、なにげなく行って見たのである。同館は啄木資料の宝庫と言われるだけのことはあり、質量ともに私を圧倒するものがあった。中でも私の足を止めたのが彼の日記である。当時はまだ啄木に日記が残されているということは一般には知られていなかったので、その日記を目の前にして、これまで経験したことのないような感動に打たれたのである。何時か日記の読める機会が出来たら是非読んでみたいという希望を抱いたまま、思い出の多かった函館を後にして故郷広島に帰ったのは、昭和二十三年のことであった。以後本業に専念していたこともあって、次第に啄木は私の意識から遠のいていたが、昭和も三十年代に入った或る日、書店で待望の啄木日記を手に入れたのである。この日記を読んだことが、これまで啄木についての知識は、短歌以外全くなかった私を啄木研究に駆り立てる契機となった。彼の日記に格別の興味を覚えたのである。現役時代は本業が多忙なこともあって、充分な研究は出来ないことから、充電期間ときめて、暇をみては啄木の文献をあさった。その間私なりに啄木の全体像が形成されていった。そして放電出来る時の来たのはすでに還暦を過ぎる頃であった。私は文学の専門家でないのだから、一部の文学者のような、難解で高級な文章が書けるわけがないのであれば、せめて読み易く、解かり易く、しかも説得力のあるということの三原則をふまえて、以後各種の新聞雑誌に小論を発表してきたが、啄木学にとってどれほどの寄与が出来たかを考えるとき、微々たるものに過ぎないことはわかっているが、私の老後は啄木と共に過ごしたといっても過言ではない。たいした仕事ではないにしても、啄木に関する文章を綴っている時間が私にとって最も充実した、しかも楽しい時間であったことは確かである。そうした意味で啄木は私にとって掛け替えのない存在になっていた。最後に長年私に付き合ってくれた啄木に、感謝のまことを捧げたいと思う。なお、文中に記載した文献以外にも多くの研究書や資料の恩恵を受けたが、勝手ながらすべて省略させていただいた。

本書の出版に際しては、溪水社社長木村逸司氏に大変お世話になった。記してお礼を申し上げる。

平成十七年二月八日

一景望舎にて、　著　者

著者紹介

井上信興（いのうえ　のぶおき）

1921 年広島市生まれ。医師。
戦前啄木ゆかりの地である函館に居住し、盛岡で学生生活を送ったことから、啄木に関心を持つようになる。
1955 年から啄木研究を志し、以後文献に親しむ。
1982 年以降小論を各種新聞雑誌に発表して現在に至る。
国際啄木学会会員。関西啄木懇話会会員。

著書「啄木私記」1987・8 溪水社
続「啄木私記」1990・2 そうぶん社
新編「啄木私記」1992・8 そうぶん社
「啄木断章」1996・5 溪水社
「漂泊の人」（実録・石川啄木の生涯）2001・1 文芸書房
「石川啄木事典」国際啄木学会編 2001・9（共著）おうふう

現住所　広島県廿日市市阿品 3 - 10 - 1 （〒738-0054）

薄命の歌人　石川啄木小論集

平成17年4月10日　発行

著　者　井上　信興
発行者　木村　逸司
発行所　㈱溪水社
広島市中区小町 1 － 4 （〒 730-0041）
電話（082）246-7909 ／ FAX（082）246-7876
E-mail：info@keisui.co.jp

ISBN4-87440-871-0　C0092